KB043021

유쾌하고 진지하며, 자유로우나 엄격하고, 시끄럽지만 고요한,

짜지만 싱겁고, 너그러우나 차가우며, 정신없고 평화로운.

도통 종잡을 수 없어 사랑스러운 거인들의 나라.

네버랜드가
아니어도
네덜란드

네버랜드가 아니어도 네덜란드

추천 여행지

낮잠이 필요한 순간

늘 첫눈에 잘 반하고는 했다.

그것이 친구이든 연인이든 공간이든. 오래 알고 좋아지기보다 나는 말 그대로 첫눈에 반해서 일순간 깊이 빠져드는 타입이었다. 앞뒤 가리지 않고 무언가에 빠져드는 습성 때문에 간혹 원치 않는 인생의 굴곡이 만들어지기도 했지만⋯⋯. 다행히도 아직은 그 충동적인 성향으로 곤란에 처하기보다는 삶을 좀 더 재밌는 쪽으로 이끌었던 때가 많았다.

첫눈에 잘 반한다는 건 굳이 좋게 보자면 동물적인 감각, 즉 본능이 발달한 타입이지 않을까. 나에게 잘 맞는, 혹은 내가 융화될 수 있는 것들을 용케 알아보는 편이라고.

거두절미하고 나는 네덜란드에 첫눈에 반했다. 칠 년 전 배낭여행으로 네덜란드에 처음 갔었다. 보름 정도 머물렀는데, 말 그대로 그 시간 동안 네덜란드에 완전히 매료됐다. 콩깍지가 쓰인 이에겐 그이의 단점이 눈에 들어오지 않는 것처럼 내겐 네덜란드의 모든 점이 좋게만 보였다.

이제 와 돌아보면 시기의 덕이 컸던 것 같다. 여행을 갔을 때 나는 살아온 날 중 가장 건강했고, 우왕좌왕하고 있던 일들이 겨우 자리를 잡아가던, 소위 인생의 안정기에 접어들 무렵이었다. 다시 말해 네덜란드를 여행했던 당시 몸과 마음이 매우 건강한 상태였고, 그래서 아마 기억이 다소 과대평가되었던 부분도 있었을 테다.

하지만 인생은 타이밍이라 했던가. 그렇게 딱 합이 맞기도 쉽지 않은 일인지라, 나는 지금도 그때의 만남이 운명이라 생각하고 있다. 아무튼 보름간의 여행을 끝내고 돌아와 약도 없다는 상사병이 시작되었다. 지금 생각하면 꼴불견도 그런 꼴불견이 없었다. 고작 보름간 떠돌고 온 주제에 어디서 네덜란드 얘기만 나오면 십수년은 산 사람처럼 잰 체를 해댔으니. 게다가 여행에서 돌아온 이후로 언젠가는 네덜란드에 다시, 아니 꼭 살아볼 거라고 동네방네 허풍을 떨고 다녔다. 그 시기를 생각하면 민망함이 앞서지만, 어쨌든 그렇게 나는 네덜란드를 향한 열병 같은 짝사랑을 앓았더랬다.

여행을 다녀오고 몇 년이 지난 뒤, 몸과 마음이 건강했던 그때와 달리 나는 지쳐 있었다. 모든 삶이 그렇듯, 서른 중반을 넘어가며 인생이 막히면 막히는 대로 굴러가면 굴러가는 대로 갖은 애환에 시달렸다. 이러다간 크든 작든 뭔가 사고를 칠 것 같은 기분에 휩싸이는 나날이 이어졌다. 그런 순간마다 네덜란드가 떠올랐다. 그곳에 가면 모든 문제가 해결

될 것 같았고, 마치 내 삶의 종착역처럼 느껴졌다.

결국 오랜 고민 끝에 네덜란드행을 결정지었다. 명목은 공부였지만 진실은 완벽한 도피였다. 혹자는 도피를 선택하는 일이 비겁하다 하겠지만, 때로는 비겁한 선택도 필요한 순간이 있다. 그때의 나에겐 맹목적인 사랑만큼이나 맹목적인 도피가 필요했다. 곧 있으면 마흔이 될 나이, 별 탈이 없다면 대충 여든 언저리까지는 살지 않을까 가늠해 보면, 딱 인생의 2막을 앞둔 시점이었다.

내 삶이 한 장의 종이라면 반을 접어 손바닥으로 꾹꾹 누른 다음 펼쳤을 때 생기는 그 중심선을 네덜란드로 잡고 싶었다. 땀을 뻘뻘 흘리며 정신없이 고무줄놀이를 하다 쉬는 아이처럼. 그 중심선에 잠시 걸터앉아 내가 살아온 반을 돌아보고 싶었고, 살아나갈 반을 가늠해 보고 싶었다.

그리하여 언젠가는 한번 살아보고 말리라는 허풍이 씨앗이 되어 네덜란드에 왔다. 물론 결코 적지 않은 나이에, 많은 것을 포기하고 또는 모른 척하고 홀쩍 떠나는 일은 생각만큼 낭만적이지 않았다. 떠나는 날 직전까지, 또 떠나와서도 현실에 대한 부담감과 미래에 대한 불안감 따위로 잠 못 드는 날들이 많았다. 때로는 이상형인 상대가 생각만큼 환상적이지 않을 때 오는 허망함 따위와도 매 순간 싸워야 했다.

하지만 그 모든 시행착오를 뒤로하고 내겐 꿈이고 열망이었던 네덜란드에서 보낸 일 년은 내 인생의 낮잠과도 같았다. 푸른 하늘과 청명한 공기와 짙은 초록과 운하의 고요한 물결이 서로 깍지를 끼고 손 베개를 만들어, 잡다한 고민으로 무거워진 머리를 받쳐 주는 느낌이었다. 그렇게 나는 네덜란드에서 짧지만 아주 달고 깊은 낮잠을 잤다. 다디단 잠에서

깨어나 현실을 맞이하는 일은 눈물 나게 괴로울 테지만, 그 단잠의 기억
이 있기에 남은 반쪽의 생을 살아나갈 힘을 얻으리라.

이 책은 네덜란드에서 보낸 일 년간의 시간 동안 낭만과 현실, 일상과
여행, 이성과 몽상. 그 사이 어디 즈음을 헤맨 기록이다.

옥탑방의 여름

한여름 네덜란드에 도착했다.

그해 한국은 폭염으로 대단했다고 들었다. 여름 평균기온 25도를 유지하는 네덜란드도 이상기온으로 30도를 웃도는 날이 이어질 만큼 무더웠다. 거리를 걷거나 가게에 들어가도 다들 이례적인 무더위에 관해 이야기를 할 정도였다.

그렇게 무덥던 여름에 도착한 나는 주거할 집을 구하기 전, 한 달간 지낼 임시숙소로 한 주택의 옥탑방을 빌렸다. 열일곱 살 된 반려견 햇님이와 함께 온 덕에, 강아지를 데려갈 수 있는 집을 고르다 보니 선택지가 별로 없었다. 그래서 어쩔 수 없이 여름휴가를 앞둔 한 가족의 옥탑방을 겨우 빌리게 되었다. 그 옥탑방은 전면이 유리창으로 되어 있어, 해가 잘 들다 못해 마치 태양 밑에 그대로 누워 있는 기분이 들었다. 하지만 왠지 서러운 어감의 '옥탑방' 이라는 단어와 달리, 천장이 높아 밝고 쾌적하며 나무 덱으로 꾸며진 예쁜 테라스가 있어 사뭇 운치 있는 공간이었다. 특히 커다란 창 너머로 작은 풍차가 보여 '아, 내가 정말 네덜란드에 왔구나.' 하는 실감이 들었다.

생각지 못한 더위도 더위였지만 네덜란드 입성 신고식을 호되게 치르게 했던 건 바로 '햇살'. 네덜란드의 여름은 밤 10시가 되어야 겨우 해가 넘어간다. 그 때문에 하루 내내 햇살을 마주하고 지내야 했는데, 우리의 옥탑방은 앞뒤가 전면 창으로 되어 있어 낭만적인 반면 종일 해가 들었다. 그래서 강렬한 햇살을 피하고자 태양과 숨바꼭질하는 기분으로 지내야만 했다.

일찍 뜨는 해 덕에 아침 일찍 일어나야 하는 일은 타지에서의 일상을 시작한다는 설렘으로 견딜 만했지만 집을 구하러 온종일 돌아다니다 지쳐 이제 쉬어 볼까 싶은 밤이 되어도, 해가 사라지지 않아 곤혹스럽다 못해 괴로웠다. 마치 하루를 이틀로 사는 기분이랄까. 낮에는 햇살이 너무 강해 선글라스를 쓰지 않으면 눈이 시릴 정도였고, 저녁에는 햇볕 알레르기 때문에 두드러기가 올라온 피부를 달래느라 고생을 했다.

침대까지 깊숙이 들어오는 해를 피해 즐겨 숨었던 곳은 바로 옥탑방으로 올라가는 계단. 계단에 방석을 깔고 누워 딱 내 몸집만큼 만들어진 그늘에 숨어 책을 읽거나 글을 쓰고는 했다. 그러다가 아예 통로에 담요를 깔고 누워 설핏 잠들기도. 더위 탓에 속옷 바람으로 계단 밑에 몸을 말아 잠든 꼴은 차마 웃지 못할 모양새였지만, 지난 시간은 모두 미화되는 법이라고 했던가. 오래된 주택 계단에 숨어 책을 읽고 글을 쓰던 그 시간이 낭만적인 기억으로만 남아있다.

　사람은 해를 피해 다니느라 바빴지만, 햇님이는 한국에서 그늘진 아파트에 살다가 해가 쨍쨍 드는 곳에 오니 무척 만족스러워 보였다. 더위에 혀를 빼고 헥헥 거리면서도 꼭 해가 드는 자리를 찾아 눕고는 했으니. 해 자리를 따라서 몸을 이리 뒤집고 저리 뒤집으며 일광욕을 하던 햇님이 모습을 떠올리면 그 여름날을 요약하는 한 장의 폴라로이드 사진처럼, 그리워진다.

　해에 시달렸던 날들에 대해 토로하면 유럽 생활을 해본 지인들은 있을 때 감사히 즐기라고 조언했다. 겨울이 되면 종일 해를 볼 수 없어 우울증에 걸릴 정도라고 겁을 주면서. 하지만 그때는 그리 무섭다는 네덜란드의 겨울을 겪기 전이었기에, 나는 차고 넘치는 햇살을 양껏 낭비하며 여름날을 보냈었다. 마치 세월이 갈 줄 모르고 젊음을 낭비하는 방만한 청춘처럼.

　옥탑방에서 보내는 나날은, 하루는 꿈에 그리던 네덜란드에서 살게 되었다는 생각에 설레고, 하루는 이방인으로서 헤쳐나가야 할 현실 앞에 끝 모를 불안감에 시달렸다. 하지만 천창 밖으로 구름을 보거나 별을 보거나 빗방울을 보다 보면, 좋은 이유든 나쁜 이유로든 동요하던 마음이 가라앉았다. 그러고는 저녁 메뉴를 뭐로 할까, 내일은 어디로 산책을 가볼까, 세숫비누를 하나만 살까, 세트로 사 둘까 하는 단순한 고민에만 몰두했다. 그렇게 옥탑방에서의 여름날이 흘러갈수록, 일상은 단순해져 갔고 이내 내 표정도 부드러워졌다.

　인간은 햇살을 피해 숨바꼭질하고, 개는 해를 찾아다니느라 분주했던 옥탑방의 여름. 하루가 끝이 나지 않아 꼭 다음날이 오지 않고 영원히 오늘에 머물러 있을 것만 같았던 시간. 나는 그 뜨거웠던 순간들을 놓치지 않고 몸 구석구석 저장해 두었다. 살아가다 몸과 마음이 시린 날이 오면 한 줌씩 꺼내어 쬘 수 있도록.

동물들이 행복한 나라

네덜란드에 가기로 결심한 뒤로 가장 고민한 것은 키우고 있던 강아지, 햇님이를 데려가는 일이었다. 추정 나이 열일곱 살에 아프지 않은 곳이 없을 정도로 나이 든 개를 먼 이국땅에 데려가겠다고 했을 때, 동물병원에서도 반신반의하는 반응이었다. 하지만 자식과도 같은 아이를 두고 갈수 없었기에 함께 가는 절차에 대해 알아보기 시작했다.

반려동물을 네덜란드에 데려가기 위해서는 넉넉히 4개월 전부터 준비를 해야 했는데, 각종 건강검진과 광견병 접종, 마이크로칩 삽입 등이 기본 사항이었다. 그 후 일정 기간에 걸쳐 크고 작은 검사와 서류들을 챙기고 출국 전날 최종적으로 농림축산부에 방문해 허가 서류를 받는 것으로 4개월의 대장정을 마쳤다. 아, 물론 반려동물이 있다고 미리 통보하고 비행기 좌석을 확보하는 일도 잊지 말아야 한다.

모든 절차를 꼼꼼히 준비하고도 얼마나 걱정을 했던지, 출국 몇 달 전부터 햇님이와 내가 입국 거부되어 쫓겨나는 악몽을 꿨다. 비행시간 동안에는 혹시라도 승객들에게 민폐가 될까 봐 신경 쓰느라 식은땀이 비 오듯이 내렸다. 그렇게 햇님이와 나는 두 번 하라면 못할 몸고생, 마음고생을 하며 장장 12시간의 비행 끝에 네덜란드에 도착했다.

그런데 네덜란드에 도착해 잔뜩 얼은 채 입국 심사대를 통과하자, 공항 직원들이 대뜸 햇님이를 안아 들고 내가 심사를 받는 동안 돌봐 주는 게 아닌가. 햇님이를 보고 환하게 웃어주던 직원들 얼굴을 보자 비행의 피로가 감쪽같이 사라졌다. 그간의 근심 걱정이 눈 녹듯 녹는 순간이었다.

햇님이와 네덜란드에서 함께 지내면서 우리는 그 따뜻한 시선을 내내 받았다. 같이 산책을 하거나, 거리에 나서면 언제나 사람들은 미소를 머금고 바라봐 주었다. 그리고 여기 와서 놀랐던 것은 대다수의 상점이나 카페, 심지어 레스토랑에도 개를 데리고 갈 수 있고, 개와 함께 대중교통을 타는 일도 일상이라는 점이었다.

한국에서 햇님이를 데리고 외출을 하려면 긴장해서 나가기도 전에 어깨가 먼저 굳었다. 어쩔 수 없이 대중교통을 이용할 때는 이동장에 넣어서 혹시라도 소리나 냄새가 나지 않도록 숨어서 갔고, 상점이나 미술관 같은 공공장소에 개를 데리고 간다는 것은 상상도 할 수 없는 일이었다. 한번은 기차에서 좌석 표를 샀음에도 햇님이가 혹시나 민폐를 끼칠까 봐 기차 칸 사이 복도에 서서 가고 있었는데, 한 남성분이 왜 개를 데리고 기차를 타냐며 호통을 쳐서 화장실로 숨어든 적도 있었다.

물론 동물을 데리고 대중교통을 이용한다거나 상점에 자유롭게 드나

드는 상황이 무조건 옳다는 이야기는 아니다. 그로 인해 불편하거나 피해를 보는 사람들도 있으니……. 하지만 동네에서 목줄을 하고 개를 산책시키고 있어도 "어디 개를 데리고 나오냐." 며 시비에 휘말리고 나면, 반려동물을 데리고 집 밖을 나서는 일 자체에 매번 용기를 내야만 한다.

(이 글을 퇴고하고 있을 즈음 한국에서 살던 동네에 길고양이를 잔혹하게 학대 살해하는 끔찍한 일이 일어났고, 범인이 잡혔음에도 범행을 자백하고 조사에 성실히 임했다는 이유로 구속영장이 기각되었다는 참담한 소식을 들었다.)

반면 네덜란드에서는 반려동물을 데리고 다닐 때면 동물 덕에 오히려 배려받는다는 기분을 자주 느꼈다. 상점에는 지나가는 개가 마실 수 있도록 깨끗한 물그릇이 놓여 있는 걸 쉽게 발견할 수 있고, 옆 동네에는 반려동물을 위한 운동장이 따로 있기도 하다. 무표정한 얼굴로 걷던 사람들도 햇님이를 데리고 나가면 모두 친근하게 말을 걸어 주었고, 심지어 이방인에게 좀처럼 곁을 내주지 않는 도도한 이웃 할머니에게 개가 춥지 않도록 옷을 더 입히라는 정감 있는 잔소리를 듣기도 했다. 공원에는 개를 데리고 있지 않은 사람이 더 적을 정도로 개와 함께 산책하는 사람들이 많고, 마주치면 사람도 개도 반갑게 인사하느라 바쁘다.

이곳 개들이 산책하는 모습을 보고 있으면 하나같이 편안해 보인다. 흥분해서 폭주하듯 달려들거나 낯선 사람을 보고 짖거나 하는 등의 공격적인 행동을 보이지 않고, 언제나 느긋하다. 충분히 사랑 받는 존재가 가지는 특유의 여유만이 느껴질 뿐, 사랑과 관심을 보채는 과민한 반응은 좀처럼 보기 힘들다. 그런 태연한 얼굴과 행동을 보면 개들이 평소

스트레스를 받지 않는 환경에서 얼마나 자연스럽게 자라고 있는지를 알 수 있었다.

개뿐만이 아니라, 이곳 고양이들도 사랑받기는 마찬가지이다. 옥탑방이 있던 주택은 대여섯 가구가 마당을 공유하는 형태였는데, 그곳에 길고양이로 추정되는 고양이들이 자주 찾아왔었다. 길고양이들은 집을 돌아가며 밥을 얻어먹고 낮잠을 자고 애교를 부렸는데, 동네 사람 누구도 그들의 존재를 거부하거나 귀찮아하지 않고, 그저 마당의 나무처럼, 길가의 꽃처럼, 이 주택단지에 당연히 있어야 하는 풍경처럼 여겼다.

옥탑방을 나와 새로운 집을 구할 때도 귀여운 일화가 있다. 집 구경을 한창 하고 있는데 거실에 웬 점박이 고양이가 태평하게 드러누워 있는 게 아닌가. 농담으로 부동산 직원에게 이 집을 렌트하면 고양이도 포함되는 거냐 물었다. 길고양이니 쫓아내겠다고 하거나, 고양이가 들어오지 못하게 문단속을 잘하라는 이야기를 들을 줄 알았는데, 생각지 못한 답이 돌아왔다.

"고양이가 너보다 먼저 이 집을 차지했으니, 당연히 고양이도 포함이지."

그 유쾌한 답에 낮잠 자는 고양이를 사이에 두고, 기분 좋게 웃었던 기억이 있다.

그렇게 집고양이뿐만이 아니라 주인 없이 떠도는 길고양이들도 하나같이 '사랑받는 존재'의 아우라가 뿜어져 나온다. 산책하다가 종종 만나는 길고양이들은 신기하게도 사람들을 피하지 않는다. 한국에서는 사람이 나타나면 차 밑이나 전봇대 뒤로 숨기 바쁜데, 여기 길고양이들은 사람이 있으면 먼저 다가와 애교를 부리며 배를 내고 드러눕는다.

마치 "인간들이 우릴 해칠 리가 없지." 라고 믿어 의심치 않는 듯. 사람에게 해코지를 당한 나쁜 기억이 없기에 나올 수 있는 본능적인 행동일 테다.

그런 고양이들은 죄다 토실토실 살이 쪄있고 눈과 귀가 깨끗하며 털이 복슬복슬하다. 길고양이들을 관리해 주는 사람이 있는 것인지, 아니면 집고양이가 산책을 나온 것인지 모르겠지만. 다들 건강해서 지금껏 길고양이를 볼 때면 콧등을 시큰하게 만들었던 서러운 감정은 좀처럼 들지 않았다.

인간에 대한 무한한 신뢰를 바탕으로 한 그 무방비하고 태평한 몸짓을 보다 보면, 이곳의 동물들은 참 복 받았구나 싶다. 이곳에 와서 나는 자주 농담반 진담반으로 네덜란드의 개나 고양이로 태어나고 싶다고 말하고는 했으니, 녀석들이 뿜어내는 행복의 기운이 어느 정도인지 짐작이 갈 것이다.

네덜란드는 대표적인 동물 복지 선진국으로 알려져 있다. 1886년에 동물 학대를 범죄로 규정하는 법을 제정, 그 이후 동물 복지법이 제대로 지켜지고 있는지 국가 차원에서 엄격하게 관리한다. 또한 네덜란드는 동물 학대 시 벌금형과 징역형을 통해 강력하게 처벌하며, 동물 학대 전력이 있는 사람은 반려동물을 키우지 못하도록 하는 방안도 추진하고 있다고 한다. 한발 더 나아가 투표권이 없는 동물들을 위해 동물을 위한 정당, 네덜란드 동물당 <Partij voor de Dieren> 도 존재한다.

이처럼 네덜란드는 단순한 인식 개선 차원에서 그치는 것이 아닌, 동물 보호와 복지가 체계적으로 구체화되어 있다.

동물 복지에 관해서 이야기할 때면, 누군가는 동물이 배려를 받으면 인간이 누려야 하는 무언가가 줄어든다고 생각하는 것 같다. 그런 이들은 비단 동물 문제뿐만이 아니라 아이들을 위한 일이거나 여성 문제, 사회적 약자, 나아가 모든 소외계층에 대한 이슈에 있어서도 비슷한 반응을 보인다. 이런 오해는 누군가에게 무언가를 내어주면 내가 받아야 할 것이 줄어들거나, 혹은 내 몫을 떼어주는 상황이 벌어질지도 모른다는 근거 없는 불안감에서 비롯되지 않았을까 추측한다. 물론 나 한몸 챙기고 살기도 힘든 세상이니 다른 누군가를 생각할 눈곱만큼의 여유조차 없는 마음이 이해되지 않는 것도 아니다.

그렇다고 해서 동물의 복지를 생각하고 존중하는 네덜란드가 인간을 덜 존중하고 덜 배려하는 것일까? 동물이 안전하고 살기 좋아진 만큼 네덜란드인들이 누리는 복지가 줄어들고 살기 힘들어진 걸까?

이 질문에 대한 답은 네덜란드가 동물 복지뿐만이 아닌 아동, 여성, 노인, 소수자 복지에서도 자타공인 선진국이라는 사실로 대신할 수 있을 것이다.

배려받아야 하는 이 세상 수많은 존재의 범주 안에 내 아들딸, 내 아내와 부모, 나 자신이 들지 않으리란 법은 없다. 언젠가는 나도 약자가 되고 누군가의 배려가 필요한 상황이 올 테니, 마냥 남의 일로 치부하기에는 어렵지 않을까. 결국 다른 존재의 행복을 기원하는 일은 돌고 돌아 나의 행복으로 귀결됨을 이곳에 와서 새삼 깨닫는다.

따뜻한 햇살을 받으며 모두가 애정 어린 시선으로 우리 개 할머니를 바라볼 때면, 사람살이는 어떨지 몰라도 동물들의 삶은 분명 여기가 나은 세상이라는 확신이 들고는 한다. 학대받고 버려질까 눈치보고 숨어야 하는 구박덩이가 아닌, 거리의 나무처럼 꽃처럼 사람처럼 그저 자연의 일부로 동물들이 살아갈 수 있는 곳. 목 놓아 부르짖지 않아도 동물을 사랑하는 일이 당연하게 여겨지는 나라. 그래서 햇님이와 네덜란드에서 지내는 모든 순간순간이 행운으로 느껴졌다.

홈 스위트 홈

유럽 다른 나라들과 네덜란드 풍경을 구분 짓는 것은 운하, 풍차. 그리고 길고 좁은 형태에 옹기종기 붙어 꼭 장난감 블록처럼 생긴 벽돌집들이 아닐까. 벽돌집들은 100년은 우습게 넘은 게 대부분이라, 세월의 무게에 균형을 잃고 삐뚤빼뚤한 모습이 이색적이다. 무너질 듯 말 듯 서로를 지탱하며 오랜 세월을 견딘 그 모습이 네덜란드의 독특한 풍경을 만드는데, 보고 있으면 '저렇게 기울었는데도 어떻게 무너지지 않지?' 라고 갸우뚱하게 된다. 네덜란드에 처음 여행을 왔을 때 크레파스로 그린 듯한 벽돌집의 매력에 빠져 꼭 한번 살아보고 싶다고 생각했었다.

지역 차가 있지만 네덜란드 전통 주택은 많은 경우 폭이 좁고 위로 긴 형태이다. 하지만 막상 들어가면 생각과 다른 모습에 놀라게 된다. 겉으로는 한두 명 살기에도 빠듯할 정도로 좁아 보이지만, 안으로 깊은 형태라 예상보다 공간이 넓기 때문. 또 층별로 개별 현관문이 따로 달려 있는 경우가 많아 층마다 공간이 완전히 분리된다. 덕분에 사적인 공간이 나누어져 다세대가 함께 살거나, 숙박 공유 시스템에 유리한 형태가 많다. 보통 1층은 부엌과 거실, 2층은 침실과 욕실, 3층은 손님방이나 아이들 방으로 쓰인다.

네덜란드 주택의 또 다른 특징이라면 커다란 창문 너머로 집 안이 보인다는 점이다. 낮이건 밤이건 안이 훤히 보이게 해 놓는데, 커튼을 치거나 가림막을 해둔 경우도 드물다. 그래서 지나가는 사람들이 집안 살림살이가 어떤지 한눈에 볼 수 있다. 이러한 문화는 청렴결백을 제일의 가치로 여기는 네덜란드 국교인 칼뱅교의 영향이 크다고 한다. "나는 잘못한 일이 없으니 숨길 것도 없다."라는 정서가 가장 사적인 영역까지도 거리낌 없이 내보이게 한다고.

하루는 슬로바키아에서 오랫동안 생활했던 교민을 만났다. 그분과 네덜란드 문화에 관해 이야기를 나눴는데 무엇보다 집안이 훤히 보이는 점이 놀라웠다고 한다. 슬로바키아는 오랫동안 공산국가 체제하에 서로를 감시하던 습관이 남아 있어, 모든 창과 문을 빈틈없이 닫고 밖을 볼 때도 커튼 너머로 살짝만 훔쳐본다고 했다.

슬로바키아 정도는 아니지만, 집 안이 보이는 걸 꺼리는 한국에서 살아서인지, 처음에는 이런 문화가 낯설었다. 특히 길을 걷다가 웃통을 홀렁 벗고 집 안에서 쉬고 있는 사람과 눈이 마주치는 순간에는 괜히 죄지은 사람처럼 시선을 피했다. 하지만 시간이 지나자 마음껏 오픈하고 살아도 괜찮을 만큼 안전하다는 방증으로 느껴졌다.

　네덜란드 사람들은 집을 꾸미는 데 많은 공을 들인다. 실내 인테리어는 물론이고 특히 마당을 정성껏 꾸미는데, 계절별로 잘 어울리는 꽃과 식물로 꾸며진 마당을 보면 참 부지런하다는 생각이 든다. 마당을 얼마나 잘 꾸미느냐로 집주인의 성실함과 품성까지 가늠한다는 이야기를 듣고는, 마당을 구경할 때 집주인의 성향을 추측해보는 재미도 더해졌다.

　또 창가에 꽃이나 장식품을 둬서 집 안 사람뿐만이 아니라, 집 밖을 걷는 행인들의 눈을 즐겁게 한다. 아기자기한 장식품으로 꾸며진 창가에 개나 고양이까지 앉아 있으면 완벽한 네덜란드 창가가 완성. 크리스마스나 연휴에는 경쟁이라도 하듯이 창가를 꾸미는 데 꼭 작은 갤러리를 보는 느낌이다. 특히 아이들 그림이나 공작품들로 사랑스럽게 꾸민 창가를 볼 때면 굳은 표정으로 걷다가도 나도 모르게 미소 짓게 된다.

　어떤 날은 산책을 하다가 창가 장식이 예뻐 사진을 찍고 있으니 집주인이 허겁지겁 밖으로 나왔다. 마음대로 사진을 찍었다고 혼나려나 싶어 긴장했는데, 주인은 뿌듯한 얼굴로 창가를 장식한 의도를 말해주고 더불어 마당에 핀 꽃과 식물명까지 설명해 주었다. 그만큼 집 꾸미기는 더치인들에게 일상이자, 취미. 그리고 자부심의 영역인 것 같다. 더치 디자인과 더치 인테리어가 한국뿐만이 아니라, 세계적으로 유행하고 있다는 점을 생각하면 자부심을 가질 만도 하겠다 싶다.

　이처럼 네덜란드 집을 보다 보면 네덜란드인의 문화와 성향을 축소해서 보여 주는 듯하다. 집 안을 훤히 드러내는 문화는 더치인들의 개방적인 성향을 오롯이 드러내고, 마당을 꽃과 나무로 정성껏 꾸미는 데서는

척박한 자연환경을 노력으로 일구며 근면하게 살아간 역사를, 창가를 아기자기하게 장식하는 걸 보면 그들의 개성과 위트를 엿볼 수 있다. 나 좋을 대로의 해석일지도 모르지만, 한껏 열어젖힌 창과 잘 가꿔진 정원을 지나칠 때면 타인에 대한 열린 마음이 느껴지곤 했다.

네덜란드 집의 어여쁨을 찬양하는 건 여기까지. 이제 아늑한 옥탑방 생활을 끝내고 우리가 살아야 할 집을 구해야 하는 시점이 왔다. 네덜란드에 오기로 결정하고 가장 두려워했던 것은 바로 집 구하기. 네덜란드에서 집 구하기, 특히 외국인이 집을 구하는 일은 굉장히 어렵다는 이야기를 익히 들었기 때문이다. 듣던 대로 여행 와서 잠시 머물 숙소를 구하는 것과 생활하는 거주지를 구하는 일은 하늘과 땅 차이였다. 본격적으로 낭만과 현실의 차이를 극렬하게 깨달을 시간이 온 것이다.

집을 구하기 위해 부동산 업자에게 웃돈을 줘야 한다거나, 혹은 집주인과 면접을 봐야 한다거나 하는 경험담까진 그래도 괜찮았다. 하지만 집을 구하지 못해서 결국 되돌아왔다는 소문을 전해 들었을 때는 간담이 서늘해졌다.

단단히 겁을 먹고 기합이 바짝 든 상태에서 출국 두 달 전부터 인터넷으로 집 구하기를 시작했다. 길 가다가 부동산에 들어가서 '적당한 집 좀 보여주세요.' 하면 몇 개 구경한 뒤 마음에 드는 걸 계약하는 우리와 달리. 네덜란드는 대부분 부동산에 바로 찾아갈 수 없고 인터넷으로 예약을 한 뒤 약속을 잡고 집을 보러 가는 시스템이다. 그런데 메시지 10통을 보내면 1, 2통 답장이 올까 말까 할 정도라 집을 보러 가는 것 자체가 굉장히 어려웠다. 그렇게 겨우 약속을 잡아서 집을 보러 가면 우리처럼 집을 구하지 못해 발을 동동거리는 예비 세입자 후보가 두세 팀 정도 더 와 있는 상황에 직면하게 된다.

　다국적 경쟁자들과 묘한 긴장감이 넘치는 분위기 속에서 집을 보고 난 뒤, 집이 마음에 든다면 누구보다 발 빠르게 움직여야 한다. 집주인에게 재정 증명서나 신분증, 심지어 간단한 자기소개서까지 제출하여 심사를 받아야 하는데, 서류 한 뭉치가 통과된 뒤에도 경우에 따라 집주인과 직접 면접을 보기도 한다. 그렇게 힘겹게 집주인에게 간택을 받은 후에도 끝이 아니다. 집주인에 따라 절박한 세입자의 마음을 놀리듯 보증금을 두 배 혹은 세 배를 요구하기도 한다. 선택의 여지가 없는 세입자는 울며 겨자 먹기로 요구를 들어주고 계약을 하게 된다.
　나 또한 이 모든 과정을 빠짐없이 거쳐 어렵게 집을 구했다. 수십 통의 메일과 전화 끝에 힘겹게 첫 뷰잉(집 보기 약속)을 잡았는데 들어가자마자 좁고 꽉 막혀 있는 구조라 실망하고 돌아 나왔다. 하지만 그 후 2주간 계약은커녕 제대로 된 뷰잉조차 못하는 상황이 되자, 집을 구하지 못해 돌아갔다는 괴담이 머릿속을 윙윙 맴돌았다. 그래서 결국 제일 처음 본 집을 계약하게 되었다. 입이 턱 벌어지는 월세에 비해 여러모로 떨어지는 컨디션이었지만, 당시에는 집을 구했다는 안도감에 궁궐처럼 보였다.

　우리 집은 시내 한중간에 있는 100년 된 상가 주택의 2층이었다. 침실과 부엌 겸 거실로 나누어져 있는 그러니깐 한국 개념으로는 방 하나짜리 오피스텔쯤 될까. 장점은 시내 한중간에 있어서 어디든 이동하기가 편리한 것이었다. 하지만 시내에 있어서 월세가 터무니없이 높았고, 창 밖으로 거대한 쇼핑몰이 버티고 있어 창문을 열고 지내기가 곤란했다.

또 단점 하나는 옆 건물이 펍이라는 것. 주말 저녁이면 유행 지난 팝송에 맞춰 웃고 떠드는 사람들 때문에 잠을 잘 수 없을 정도로 시끄러웠다. 그러나 저녁 6시만 되어도 유령도시로 변하는 네덜란드 특성상, 그 왁자 지껄한 소리가 때로는 타지의 적막을 덜어 주기도 했으니, 나중에는 장점처럼 느껴지기도.

어쨌든 내가 꿈꾸던 네덜란드의 장난감 집과는 많이 달랐지만, 나는 이 집에서 사계절을 보냈다. 다시 생각해도 비싼 월세에, 손님이 오면 딱히 대접할 공간도 없는 좁은 집이었지만, 그래도 타지에서 맘 편히 몸 누일 곳이 있다는 사실만으로도 감사했다.

우리 집이 있는 골목은 시내에서 자타공인 가장 예쁜 골목이었다. 기차역에 붙은 지역 안내 포스터에 집 앞 골목 풍경이 떡하니 박혀 있을 정도였으니, 나만의 착각은 아닌 듯하다. 어두운 집에서 나와 문을 여는 순간 보이던 아름다운 골목 풍경은 평생 잊지 못할 장면 중 하나이다. 어둡고 좁은 집이 답답해 마음의 문도 꽁꽁 닫힐 것만 같을 때는, 무조건 문을 박차고 나왔다. 그리고 시내에서 제일 예쁘다는 골목길에 서서 잠시 내리쬐는 햇살을 만끽한다. 적당히 몸과 마음이 데워졌다 싶으면 동네를 산책하며 훤히 열린 창 너머로 남의 살림살이를 구경하고는 했다.

창가에서 볕을 받으며 졸고 있는 고양이를 훔쳐보고, 마당에서 책을 읽고 있는 할머니와 눈인사를 나누고, 이 계절에는 무슨 꽃이 피었나 정원의 꽃들을 살핀다. 그렇게 한 바퀴 돌고 집으로 돌아가는 길에는 눅눅

해진 마음이 한결 산뜻해져, 작고 허름한 내 방도 제법 사랑스럽게 느껴지곤 했다.

나의 아른험

내가 살게 된 곳은 네덜란드 동부에 있는 작은 도시 아른험 <Arnhem>
이란 지역이다. 아른험은 관광객들에겐 유명 관광지인 크뢸러 뮐러 미
술관 <Kröller-Müller Museum> 에 가기 위한 경유지로 알려져 있고, 현지인
들에겐 2차 세계대전 당시 독일군과 영국군의 격전이 있었던 역사적
장소로 익숙하다.

7년 전 네덜란드를 여행할 때 대부분의 도시는 둘러보았지만, 아른험
은 상대적으로 정보가 적어 방문하지 않았었다. 이후 이곳에 살기로 결
정하고 급하게 인터넷으로 검색해 보았는데, 아른험에 대한 정보는 위에
언급한 내용 외에는 거의 없었다. 그래서 출국 전까지 어떤 곳인지 전혀
알지 못해 불안한 마음이 컸다. 치안이 좋지 않거나, 너무 외곽이라 생활
하기에 불편하거나, 혹은 환경이 맞지 않으면 어찌하나, 이런저런 걱정

에 매일 밤 위성 지도를 훑어보며 불안한 마음을 달랬었다.

　아른험은 암스테르담에서 기차로 1시간 10분 정도 거리에 위치해 있다. 섬유와 선박, 제지 등의 공업이 발달한 중소 도시로 헬데를란트 <Gelderland> 주를 대표하는 도시이기도 하다. 주도인 만큼 결코 작은 지역은 아니지만, 네덜란드 국가 자체가 워낙 작고 이름만 도시이지, 시내를 벗어나면 소가 풀을 뜯고 말이 뛰어노는 시골 풍경이 대부분이라, 대도시라는 느낌은 들지 않는다.

　네덜란드에 도착해 공항에서 차를 렌트해서 아른험까지 왔는데, 차가 우거진 숲길을 한참을 뚫고 들어왔다.

　'아차, 여긴 정말 산골 마을이구나. 큰일이네.'

　차창 밖으로 보이는 풍경이 온통 나무숲이라 덜컹했던 것이다.

　하지만 숙소에 짐을 풀고 동네를 한 바퀴 돌면서 아늑하고 정감 있는 풍경에 금세 한눈에 반했다. 며칠 지내보니 아기자기한 카페, 드넓은 공원, 쾌적한 도서관, 개성 있는 책방, 여유로운 강변. 내가 좋아하는 모든 풍경들이 옹기종기 모여 있어 꼭 누군가가 나를 위해 만들어 놓은 맞춤 도시 같다는 생각까지 들었다. 네덜란드에 한눈에 반해, 대뜸 바다 건너온 것처럼 아른험에도 한눈에 반해 그날 이후 나는 열렬한 아른험 예찬론자가 되었다.

　처음 도착했을 때 산골로 착각했을 만큼, 아른험 주변은 자연으로 둘러싸여 있다. 버스를 타고 조금만 가면 크뢸러 뮐러 미술관을 품고 있는 네덜란드 최대의 국립공원 호허 벨루에 국립공원 <De Hoge Veluwe

National Park> 이, 또 조금만 가면 네덜란드의 민속촌인 오픈 에어 뮤지엄 <Open Lucht Museum> 과, 시립 동물원인 버거 주 <Burgers' Zoo> 도 있다.

이처럼 아른험은 외국 관광객들에게는 잘 알려지지 않은 반면, 알찬 명소가 많아 현지인들의 가족 여행 장소이기도 하다. 우리나라로 치면 놀이공원과 동물원이 있어 가족 나들이 가기 좋은 용인쯤 될까. 그런 이유에서인지, 아른험에 살다 보면 괜히 가족들 생각이 많이 나곤 한다.

'우리 조카들 데리고 동물원 가고 싶다. 언니, 오빠네랑 민속촌에 가면 참 좋을 텐데, 부모님 모시고 국립공원 가면 참 좋겠다.'

이렇게 그리움이 짙어지는 걸 보면 확실히 아른험은 가족들이 놀러 오기 좋은 곳이자, 살기 좋은 지역인 것 같다.

오기 전 정보를 검색했을 때 현지인의 SNS에서 "아른험은 산책을 하다가 사슴을 만날 수 있는 곳"이라는 글을 보았다. 그 뒤로 아른험에 도착해 언제쯤 사슴을 만날 수 있을까 내심 기대했다. 그러던 어느 날 고대하던 사슴을 바로 손스빅 공원 <Sonsbeek Park> 에서 만나게 되었다.

손스빅 공원은 시내에서 도보로 5분 정도 떨어져 있는 공원이다. 공원 내에 캠핑장, 레스토랑, 카페, 호수, 고저택, 작은 폭포까지 있을 정도로 드넓어 아른험 시민들의 휴식처로 사랑받고 있다. 이 공원에선 사시사철 다양한 축제가 열린다. 한겨울을 제외하고는 매달 초에 푸드 페스티벌을 겸한 플리 마켓이 열리고, 계절마다 연극제, 영화제, 그린 마켓, 서커스, 인간 조각 축제 등 다양한 콘셉트의 행사가 가득하다. 손스빅 공원은 아른험에서 가장 사랑하는 장소이자, 내가 가본 전 세계의 공원 중 제일 아름다운 곳이다. 이 공원을 산책하다가 평화롭고 아름다운 풍경에 꼭 천국을 걷고 있는 기분이 들어 몇 번이나 마음이 아득해졌는지 모른다.

손스빅 공원과 함께 아른험에서 자주 시간을 보낸 곳은 바로 도서관. 웅장하고 세련된 건물 덕에 아른험의 자랑으로 손꼽힌다. 높은 계단을 오르면 창밖으로 시가지가 훤히 보이는 뷰가 일품이다. 도서관은 아른험의 상징인 붉은 돼지 조형물과 마주 보고 있는데, 굳이 책을 읽지 않더라도 창가에 앉아 멍하니 풍경을 바라보는 것만으로도 좋다.

도서관에 갔다가 집으로 돌아올 때는 강변길을 따라 산책하고는 했다. 라인강의 지류 중 하나인 니더라인강으로 2차 세계대전 당시 연합군 공수부대의 공습이 있었던 아른험교가 있다. 한적하고 고요한 풍경에. 근심 걱정이 있을 때 강둑에 앉아 무던히 흐르는 강물을 보다 보면 절로 시름이 덜어지고는 했다. 여름에는 강변이 해변처럼 바뀌어 물놀이를 하는 사람들로 휴양지 분위기가 되고, 강변을 따라 새로 들어선 푸드 코트와 개성 있는 카페나 맛집도 많아 나들이 가기도 좋다.

클라렌달 <Klarendal> 패션 특화 지역은 한국의 연남동이나 해방촌처럼 이민자나 노동자들이 모여 살던 지역에 젊은 아티스트들이 모여들어 예술 거리를 만든 장소이다. 겉으로 보면 고요한 거리이지만, 곳곳에 개성 있는 카페, 베이커리, 작은 책방, 빈티지 숍들이 숨어 있다. 평일에는 주로 문을 닫거나 작업 공간으로만 활용되어 한적하고, 목요일과 금요일 저녁에는 대부분의 숍들이 오픈해서 활기찬 분위기로 바뀐다.

아른험에 살다 보면 아기자기하고 아늑한 느낌에 왠지 도시라는 말보다 마을이라는 말이 더 어울린다는 생각이 든다. 때로는 작은 아른험이 갑갑하게 느껴질 때도 있어, 좀 더 큰 도시에 살았더라면 어땠을까 상상한다. 하지만 네덜란드의 다른 지역을 여행한 뒤 기차역에 도착하는 순간, 마음이 푸근해지는 걸 보면 역시 나에게는 아른험이 가장 잘 맞는다고 안도하게 된다.

아름다운 풍경과 풍성한 볼거리도 자랑할 만하지만, 무엇보다 내가 아른험에서 자랑하고 싶은 점은 '사람'이다. 아른험에 산다고 하면 "아, 거기는 사람들이 참 좋은 곳이지." 라는 이야기를 자주 듣는다. '사람이 좋다.' 라는 말이 처음에는 쉽사리 와 닿지 않았는데 이곳에 살다 보니 아른험에서 제일 좋은 것은 역시 '사람'이라는 걸 느낀다.

처음 외국 생활을 하게 되었을 때 걱정했던 것은 '인종차별을 당하지는 않을까.' '이방인이라고 매몰차게 냉대받으면 어쩌나.' 하는 '사람'에 대한 걱정이 태반이었다. 하지만 사람 좋기로 유명한 아른험에 사는 덕에 일상에서 사람으로 인한 설움을 덜 겪어도 되었다.

아른험 사람들은 참 따뜻하다. 문을 열고 나가면 늘 먼저 인사해주고 눈이 마주치면 웃어주며 서툰 언어 탓에 실수를 해도 너그럽게 이해해준다. 아른험 사람들을 떠올리면 늘 미소 지으며 '후르모르겐' 하고 인사하는 얼굴이 떠오른다. 유럽 여행길에 아른험에 잠깐 들렀던 지인은, 독일에서 실수로 버스를 잘못 타 버스 기사에게 혼나는 바람에 기가 죽었다가, 아른험에 오는 순간 따뜻하게 인사하는 기사님과 사람들 덕에 한순간 마음이 풀어졌다고도 했다. 나도 평소 실수하는 것을 두려워하는 편이라 가게에 가거나, 행정 업무를 볼 때도 지레 겁을 먹고는 한다. 하지만 실수를 해도 괜찮다고, 천천히 해도 된다고. 이해해 주는 이들 덕에 곧 낯선 상황에 놓여도 덜 무서워하게 되었다.

내겐 이곳 사람들이 표준이 되어, 네덜란드인들은 대부분 친절한 것 같다고 말하면 타지에 있는 사람들은 그건 아른험이라서 그렇다고 되받아치고는 했다. 또 아른험에 있다가 다른 대도시로 간 사람들이 다른 분위기에 놀랐다는 이야기를 들을 때면, 이곳에 산다는 사실에 안도하게 된다.

그렇다면 아른험은 왜 사람들이 좋은 걸까? 생각해 봤는데 아마 학생들이 많이 사는 도시라 기본적으로 모두 자식들 손주들 대하듯 너그럽게 대하는 게 아닐까. 게다가 영국 문화권에 속해 있어 타 지역에 비해 영어로 소통이 수월하고, 잘 웃고 잘 응대하는 문화가 있다고 한다. 이유야 무엇이든 그 덕분에 네덜란드 생활이 서럽지 않고, 따뜻한 기억으로 채워진 것에 감사한다.

물론 세상 어딜 가나 나쁜 사람은 있듯이 아른험에도 마냥 천사 같은 이웃들만 살지는 않는다. 지인 중 하나는 아른험에 도착한 지 얼마 되지 않아 강도를 당할 뻔했고, 나도 거리를 걷다가 무지한 이들로부터 '니하오' 소리와 함께 조롱 어린 시선을 받은 적이 있다.

아른험뿐만이 아니라 현재 유럽은 난민 문제와 테러 문제로 이민자에 대한 거부감이 거세다. 네덜란드 또한 예외는 아니어서 대도시에 가면 여행객이나 이민자들을 향해 크고 작은 인종 차별 문제가 발생하기도 한다. 네덜란드는 예부터 오랜 상업 국가라 다인종 다문화에 대한 인식이 너그러워 타 유럽 국가에 비해 인종차별이 적은 편이라고는 들었다. 하지만 겉으로는 웃어도 그네들의 속내가 어떤지 알 수가 없으니, 이방인으로 사는 처지에서는 늘 긴장하고 움츠러들 수밖에 없다. 그래서인지 더욱 아른헴에 사는 동안 '운 좋게도' 나쁜 사람, 나쁜 경험을 비교적 덜 겪었다는 사실이 다행이라고 생각한다.

사람 좋은 도시 아른헴, 사랑스러운 도시 아른헴. 아른헴을 떠올리면 생각만으로도 뭉클하고 그립다. 아른헴에 처음 도착했을 때에도 이상하게 처음 와 본 곳인데, 그리운 마음이 들었다. 처음 와 본 곳인데 이곳이 그립다니. 이상한 말이지만, 정말 그렇다. 나에게 아른헴은 보고 있어도 보고 싶은 존재처럼, 발을 붙이고 있어도 그리운 곳이다.

나는 운명론자라 평소 운명에 대해 자주 생각한다. 살아가며 의지나 노력만으로는 될 수 없음을 체감할 때마다 절대적인 힘에 기대게 된다. 인연이니 운명이니 하는 말은 다소 거창하고 낯간지럽게 들릴지도 모르겠지만. 수많은 우연과 우연이 겹쳐 내가 네덜란드의 이 작은 도시에 살게 된 경유를 가늠하면, 그저 운명이라는 말밖에 떠오르지 않는다.

'불행은 자랑하면 쌓이고, 행복은 자랑하면 훔쳐 간다.'고. 아른헴에서 보낸 시간이 소중해 입 밖으로 꺼내면 날아갈까 봐, 달아날까 봐 이 글을 쓰는 순간까지도 조심스럽다. 괜한 걱정은 뒤로하고 언제까지나 좋은 사람들이 좋게 남아 있을 수 있도록, 그저 아른헴의 평화를 기도하는 수밖에.

숲속 미술관, 크뢸러 뮐러 미술관

러시아에서 친구들이 놀러 왔다. 네덜란드에서 맞는 첫 손님인 만큼 좋은 곳에서 좋은 시간을 함께 보내고 싶었다. 알렉산드라 커플은 식물과 나무, 숲을 사랑하는 친구들이다. 몇 년 전 한국에 놀러왔을 때도 관광지에는 별 관심이 없고 숲이나 산에 가고 싶다고 해서, 서울 시내에 있는 산들을 죄다 오르내렸다. 그렇게 초록을 사랑하는 친구들이라 이번에도 숲에 가고 싶어 했다.

다행히도 아른험은 네덜란드 최대 국립공원인 호허 벨루에 국립공원 <De Hoge Veluwe National Park> 과 가깝다. 그리고 공원 안에는 '숲속의 미술관' 이라 불리는 크뢸러 뮐러 미술관 <Kröller-Müller Museum> 이 있다. 알렉산드라 커플은 숲을 좋아하고 게다가 그림을 그리고 사진을 찍는 예술가들이니, 함께 하기에 이보다 더 좋은 장소가 있을까. 그래서 우리는 지체 없이 숲속 미술관으로 향했다.

크뢸러 뮐러 미술관은 네덜란드에서도 대표적인 관광명소이다. 이곳은 미술 작품 수집가 크뢸러 뮐러 부인의 소장품을 기증받아 건립되었다. 반 고흐 <Vincent Willem van Gogh> 의 진가를 일찌감치 알아본 뮐러 부인의 탁월한 안목 덕분에, 반 고흐 미술관 다음으로 그의 작품이 가장 많이 소장되어 있기도 하다.

크뢸러 뮐러 미술관은 아른헴 센트럴에서 버스를 타고 50여 분쯤 가야 한다. 한 번에 가지 못 해 오테를로 <Otterlo> 센트럴에서 내려 마을버스로 갈아탄다. 그렇게 마을버스를 타고 2정거장쯤 올라가면 국립공원 입구에 내리게 된다. 이곳에서 국립공원 입장권을 구매한 뒤 다시 미술관 입구까지 올라가야 하는 데, 방법은 두 가지. 하나는 계속 버스를 타고 올라가거나, 혹은 입구에 비치된 무료 자전거를 타고 숲길을 가로지르는 것.

자전거를 타고 울창한 숲을 질주하면 마치 영화 속 주인공이 된 기분이다. 시시때때로 변하는 이국적인 풍경은 자꾸만 페달을 멈추고 넋을 놓게 만든다. 나를 포함해 이곳을 방문한 많은 이들이 자전거를 타며 숲을 달렸던 경험을 잊지 못할 순간으로 꼽는다.

그렇게 20여 분쯤 자전거를 타고 올라오면 숲에 안긴 듯 자리 잡고 있는 현대식 건물을 발견하게 된다. 이곳이 바로 크뢸러 뮐러 미술관. 반 고흐의 작품뿐만이 아니라 쇠라, 피카소, 모네, 몬드리안 등 이름만 대어도 알 수 있는 대가들의 진귀한 작품들이 한곳에 모여 있다. 사람들의 발길이 가장 오래 머무는 곳은 역시 고흐 작품 앞. 특히 밤의 카페 테라스, 우체부 조셉 룰랭, 감자 먹는 사람들 등 미술 문외한이어도 한 번쯤 보고 들었을 고흐의 주요 작품 87점이 이 깊은 숲속에 세월을 머금고 고요히 자리 잡고 있다.

나는 익숙한 작가들의 작품 외에 다소 생소한 네덜란드 화가 얀 투롭 <Jan Toorop> 의 작품을 좋아했다. 아르누보 사상의 걸작이라 불리는 신비롭고 환상적인 작품을 보고 있으면, 그림 뒤에 숨겨진 비밀스러운 이야기가 떠올라 한참 동안 상상의 나래를 펼치게 된다.

미술관에서 작품을 감상하는 것도 좋지만, 크뢸러 뮐러 미술관은 역시 숲과 함께 숨 쉬는 듯한 풍경이 압도적이다. 실내 미술관과 연결된 야외 미술관에는 조각 작품들이 자연과 어우러져 있는데, 무척 넓어 한 바퀴 둘러보는 데에도 시간이 꽤나 걸린다.

이곳에서 시간을 즐기는 방법으로 추천하는 것은 바로 야외 레스토랑에서 간식을 먹으며 느긋이 해를 쬐기. 레스토랑은 실내에 하나, 그리고 하절기에만 열리는 조각 공원 야외 레스토랑이 따로 있다. 실내 레스토랑의 테라스도 아름답지만, 야외 레스토랑에서 식사를 하면, 마치 캠핑을 온 것처럼 자유로운 분위기를 느낄 수 있다.

앞서 말한 듯 크뢸러 뮐러 미술관은 호허 벨루에 국립공원 안에 있다. 이 말은 미술관은 국립공원의 극히 일부분일 뿐이라는 것. 면적이 55제곱킬로미터나 되는 국립공원은 그 면적만큼이나 볼거리가 많다. 수풀, 황야, 사구, 습지대, 호수 등으로 이루어진 공원은 사슴, 노루, 양 등 야생상태의 동물들을 볼 수 있어 세계 각지의 관광객들과 사진작가들을 끌어모은다.

　안내 센터에서 구매할 수 있는 지도에 야생 동물들을 볼 수 있는 포인트가 표시되어 있는데, 자신이 보고 싶은 야생동물의 코스를 선택해 트래킹을 즐길 수 있다. 하지만 차로도 한참을 둘러볼 만큼 광활한 규모라 코스를 잘못 짜거나 하면 자칫 길을 잃을 수도. 그래서 정해진 코스를 따라 트래킹을 하고, 핸드폰이나 비상식량 등을 꼭 챙겨 가야 한다.

　나도 알렉산드라 커플과 함께 짧은 트래킹 코스로 국립공원을 돌았다. 그런데 공원이 그렇게 넓은 줄 모르고 편한 치마를 입고 쭐레쭐레 갔다가 몇 시간이나 숲을 헤치고 다니는 바람에 꽤나 고생을 했다. 친구들은 치마를 입고 온 나를 놀리며 성큼성큼 앞서 걸어 나갔고, 나는 나뭇가지에 치맛자락이 자꾸만 걸리는 바람에 엉금엉금 쫓아갔더랬다.

　그래도 알렉산드라는 중간중간 나와 발걸음을 맞춰주며 버섯 나이를 세는 법과 숲에서 길을 잃었을 때 먹을 수 있는 식물과 열매를 알려주었다. 또 숲을 걷다 힘들면 나무등치에 나란히 걸터앉아 소똥구리가 흙을 굴리는 걸 구경했는데, 러시아어로도 그 곤충이 '똥을 굴린다.' 라는 이름을 가지고 있다고 해서 신기해하며 웃었다. 그런 사랑스러운 순간들이 우거진 나뭇잎 틈새로 파고든 햇살처럼, 반짝이던 하루였다.

　아무튼 복장 불량 탓인지 나는 그날 아쉽게도 야생 동물을 제대로 보지 못했다. 하지만 일행은 야생 사슴을 세 번이나 보았다고. 수풀 사이를 유유히 뛰어가는 사슴의 모습은 요정처럼 신비로웠다고 하니, 다음번에는 제대로 복장을 갖추고 숲을 탐험해 봐야겠다.

모두의 평온

　이곳에 와서 내가 제일 좋아한 일은 발길 닿는 대로 산책하기였다. 따뜻한 계절에는 계절이 아까워서, 볕이 부족한 계절에는 금보다도 귀하다는 볕을 쐬러 부지런히 걷고 걸었다. 동네를 산책하다 지겨워진 날에는 무작정 버스를 잡아탔다. 그리고 창 너머로 마음에 드는 동네가 보이면 내려서 마을 구경을 하고는 했다.

　하루는 이름도 모르는 낯선 마을에 도착했는데, 그 풍경이 그림처럼 예뻐서 낙원이 있다면 이곳이지 않을까 싶었다. 세모 지붕 밑 아담한 마당에는 집 주인마다 취향이 드러나는 꽃과 식물들로 꾸며져 있고, 작은 축사에는 닭과 양들이 낮잠을 자고, 마을 공동 정원에는 개들이 뛰어놀 수 있는 운동장이. 대로변에는 주민들을 위한 수영장과 요가 센터, 그리고 장난감 같은 상가들이 옹기종기 모여 있었다. 동네를 산책하다 파란

벽이 예뻤던 도서관을 발견하고는 잠시 숨을 돌렸는데, 박제해두고 싶을
만큼 평온한 순간이었다.

사건 사고라고는 아침에 놀러 나갔던 고양이가 밥때가 되어도 돌아오
지 않는다거나, 빨간 지붕 집 할아버지가 금요일이면 여든 생신을 맞이
한다거나, 빵집 아들내미가 암스테르담으로 취직을 해서 독립을 한다거
나 하는 정도 뿐일 것만 같은……. 그야말로 평화롭고 고즈넉한 마을이
었다. 그렇게 우연히 만난 마을을 산책하는 내내 '이런 곳에서 노후를 보
내면 얼마나 좋을까.'라고 몇 번이나 혼자 되물었다.

참 좋은 것을 보고 좋은 날을 보내면 마음이 달달해지다가도 한편으
로는 쇼윈도 속에 손이 닿지 않는 아주 달콤한 케이크를 보는 느낌이 든
다. 이 평온이 내 것이 아닌, 동화책 속 삽화처럼 손이 닿지 않는 세상이
라는 생각이 드는데, 그러면 부러움을 넘어 배가 아팠다. 난롯가에 앉아
나른한 얼굴로 뜨개질을 하는 할머니를 보거나, 레스토랑에 모여 식사하
는 단란한 가족들을 보거나, 길 한중간에 드러누워 해를 쬐는 태평한 고
양이를 볼 때면 그저 그들의 일상을 곁눈질로 훔쳐보며 부러워할 수밖에
없다는 사실에 질투가 났다.

더불어 그들이 공기처럼 누리는 평온을, 나는 막대한 시간과 비용을
치러 겨우 체험권을 받았을 뿐이며. 그것도 언제 빼앗길지 모르는 상태
라는 사실을 직시할 때면 초조함이 몰아쳤다. 초콜릿을 손아귀에 쥔 아
이가 빼앗길까 봐 손과 입 주변에 묻는 줄도 모르고 허겁지겁 까먹는 모
양새로, 그렇게 나는 잠시 빌려온 평온을 놓칠까 어쩔 줄을 몰라 했다.

그들의 평온에 배 아파하며 집으로 돌아오는 길, 놀라운 뉴스를 들었

다. 바로 IS로 추정되는 테러 용의자가 동네 근처 한 아파트에서 체포되었다는 소식이었다. 평화롭기만 한 줄 알았던 이 작은 마을에서 영화에서나 보던 일이 일어난 것이다. 비현실 같다는 생각과 함께 머릿속이 엉클어졌다. 마치 행복한 줄로만 알았던 옆집 가족의 알아서는 안 될, 가정사를 알게 된 기분이었다.

동화 같은 나라, 그림 같은 집 안에도 텔레비전에서는 끊임없이 난민 문제와 인종 차별, 실업난, 강력 범죄, 정치적 불협화음, 환경 파괴 등 차라리 눈을 감고 싶어지는 소식들이 끊임없이 이어져 나온다. 허허 너털웃음을 지으며 마냥 좋은 사람일 것만 같은 파란 지붕 할아버지가 극우 성향의 지독한 인종차별주의자일 수도 있고, 아침저녁으로 강변을 조깅하는 건실한 청년이 주말 밤에는 마약에 취해 느닷없이 행인을 공격할 수도 있다. 모든 삶에는 양면성이 있다. 놀이공원 세트장같은 정갈한 가정집의 벽난로 안에서 정체 모를 무언가가 썩어가고 있을지도 모르는 일이다.

그렇게 이곳에서 부러워했던 마음이 머쓱해지는 일들을 종종 겪을 때면, 완벽한 세상은 어디에도 없고 '영원한' 평화라든가, '온전한' 행복 따위는 존재하지 않는다는, 굳이 글로 쓰기에도 민망한 싱거운 진리를 되새기게 된다.

건넛집 할머니는 요정이 살 듯한 아름다운 집에서 취미로 그림을 그리며 노후를 보낸다. 하지만 그녀의 집에는 남편과 딸의 사진이 지천에 널려있다. 남편과 딸을 먼저 보낸 뒤 홀로 남겨진 그녀의 노후에 대해 감히 부럽다 어떻다 함부로 입을 놀릴 수 있을까. 반대로 그들 또한 한국을 떠나 이 낯선 네덜란드, 이름 모를 마을을 배회하는 동양인의 불행과 행운의 역사를 알지 못한다. 평화롭게만 보이던 마을, 부럽기 그지없는 그들의 삶에도, 내가 모르는 불행들이 난롯가의 재처럼 쌓여 있을 터. 그 누구도 창문 너머로 훔쳐보아서는 타인의 삶을 가늠할 수 없다.

쉽사리 예측이나 판단할 수 없는 게 비단 타인의 삶뿐일까.

하루는, 프랑크푸르트에 볼일이 있어 기차를 탔는데 쾰른 지역을 지날 때 창밖 풍경이 멋있어서 넋을 놓고 구경했다. 그런 멋진 풍경을 두고도 심드렁한 얼굴로 핸드폰을 보거나 졸고 있는 기차 안 사람들을 보며 부쩍 얄미운 마음이 들었다. 하지만 볼일을 마치고 집으로 돌아오는 길, 쾰른과 프랑크푸르트 구간 고속 열차에서 불이 나 객차 2량을 태웠다는 소식을 들었다.

순간 불타는 기차 속에 있었을 피해자의 안위를 걱정하기보다, 간발의 차이로 불행을 피할 수 있어서 다행이라는 안도감이 먼저 들었다. 생존 앞에서 인간의 본능은 잔인하다 싶을 정도로 이기적이라지만, 안도감을 느꼈던 그 찰나에 내 민낯을 본 것만 같아 고개를 들지 못했다.

못된 심보에 벌이라도 받듯 얼마 후 가족의 병환 소식을 들었다. 멀리 있다는 핑계로 입에 바른 안부밖에 물을 수 없었던 날, 잠깐 불행을 피했다고 안도했던 마음이 황망해져 종일 창밖만 바라보았었다.

문득 매일 걷는 산책길에도 비가 내린 후의 웅덩이 같은 불행이 도사리고 있다는 생각을 한다. 그저 운이 좋아 웅덩이를 밟지 않았을 뿐, 한 번 빠지면 온몸이 흙탕물로 젖어버릴 정도의 깊은 웅덩이 사이사이를 위태롭게 걷는 것이 삶이겠다 싶다.

평화로운 산책길을 무사히 걸었더라도 돌아가는 길에 어떤 불행이 있을지, 내일의 아니 한 시간, 아니 한 발짝 뒤의 나는 내 평온을 확신할 수 있을지. 그런 의문이 이어지면 뿌연 안개가 시야를 가리며 간담이 서늘해진다.

내가 확신할 수 있는 평온은 그저 함께 산책하고 있는 사람과 맞잡은 손의 온기, 따뜻한 커피 한잔이 주는 위안, 품에 안았을 때 턱을 기대는 햇님이의 무게감 정도이다. 하지만 그마저도 놓칠까 봐 밤잠을 설치는데……. 그렇게 한번 불안의 늪에 빠지기 시작하면, 집 밖으로 한 발짝도 나갈 수 없을 만큼 두려워진다.

이곳에 와서 한 가지 습관이 생겼다. 비록 종교가 없지만, 산책길에 성당과 교회를 발견하면 들어가 기도를 하곤 했다. 내 손아귀에 쥐어진 평온이 가능한 한 오래 머물 수 있게. 사랑하는 이들의 산책길이 평온하기를. 더불어 잠시일지라도 내게 평온을 선물해 준 이 나라, 이 땅의 사람들이 별 탈 없이 평온한 일상을 누릴 수 있기를. 그래서 내가 마음껏 부러워할 수 있기를. 그렇게 두 손을 모아 모두의 평온을 기도했다.

네덜란드 민속촌, 오픈 에어 뮤지엄

마음이 허전해서 어디론가 떠나고 싶을 때가 있다. 하지만 교통비 비싼 네덜란드에서 매일같이 여행을 다니기는 쉽지 않은 일이다. 그래서 떠나고픈 마음을 달래며 여행 대신 가는 곳이 있다. 바로 아른험에 있는 오픈 에어 뮤지엄 <Open Lucht Museum>. 우리나라 말로 하면, '야외 민속촌' 쯤 될까.

아른험에 민속촌이 있다는 얘기를 들었을 때는, 딱히 흥미가 가지 않았다. 민속촌이라면 으레 어릴 적 부모님 손에 끌려가 지루한 전시물들을 관람하며 하품했던 기억만 남아있기 때문. 그러던 어느 날, 늦잠 자고 일어나 산책하러 갈 겸 해서 찾아간 곳이 오픈 에어 뮤지엄이었다. 아른험 센트럴에서 버스로 15분 정도면 도착하는데 시립 동물원과 나란히 붙어 있어, 마치 용인에 있는 모 놀이공원 같은 느낌을 준다. 입장권은 20

유로 안팎이지만 뮤지엄 패스로 입장이 가능하고, 동물원과 세트로 할인 입장권을 판매하기도 한다.

나는 버스에서 내려 걸어가는 동안에도 시큰둥하다가, 주차장에 가득 세워진 자동차들을 보고 심상치 않은 기운을 느꼈다. 표를 끊고 입구로 들어가는 순간, 카페와 뮤지엄 숍, 실내 박물관으로 이루어진 인포메이션 센터의 세련됨에 놀라 눈이 휘둥그레졌다. 아기자기한 소품들로 가득한 뮤지엄 숍의 유혹을 힘겹게 떨치고 입장하면, 같은 공간에 있는 게 맞나 싶을 정도로 전혀 다른 풍경이 펼쳐진다.

오픈 에어 뮤지엄은 네덜란드 옛 생활상을 마을의 형태로 구현한 말 그대로 야외 민속촌이다. 이 마을에는 네덜란드 전통 가옥뿐만이 아니라 상점, 병원, 대장간, 빵집, 카페, 식물원, 시장, 교회, 치즈 공장, 맥주 공장 등 없는 것이 없다. 심지어 민속촌 안에서 운영하는 트램도 있어 교통체험까지 할 수 있다.

생각지도 못한 규모에 늦잠을 자고 느지막이 도착한 나는 마음이 급해졌다. 뭐부터 봐야 할까 싶어 발을 동동 구르며 민속촌 안을 뛰어다니다시피 했는데, 그렇게 부지런히 다녔어도 결국 반도 보지 못하고 폐장 시간이 되고 말았다. 동절기에는 4시, 하절기에는 6시까지 운영하기 때문에 여유 있게 관람하려면 11시 오픈 시간에 맞춰 도착하시기를. 입장해서는 인포메이션 센터에서 나눠주는 민속촌 지도를 따라 동선을 계획하거나, 아니면 일단 트램을 타고 한 바퀴 돌며 위치를 파악하는 것도 좋다.

네덜란드 전통 가옥과 건물은 현재 사람이 살고 있는 게 아닌가 싶을 정도로, 디테일하게 내부가 꾸며져 있다. 재밌는 점은 실제 사람이 전통 복장을 하고 당시의 생활상을 재현한다는 점이다. 대장간에는 대장장이로 변신한 할아버지가 낫과 곡괭이를 만들고 있고, 과수원에 딸린 주택에는 할머니가 직접 재배한 사과로 사과잼을 만들고 있다. 맥주 공장에는 옛날 방식 그대로 맥주를 제조하고, 사진관에는 전통 복장을 한 사진사가 역시 전통 복장을 한 손님들 사진을 찍어주고 있다. 보통 민속촌은 어설프다 못해 약간 괴기스러운 느낌의 마네킹이 서 있기 마련이라, 나도 처음에는 이들이 마네킹인 줄 알았다가 움직이고 말하는 모습에 화들짝 놀랐다.

전통 복장의 배우들은 요리를 해서 관광객들에게 대접하거나, 짧은 공연을 보여 주기도 한다. 그런데 그 모습이 여느 놀이동산의 직원들처럼 과도하게 꾸밈이 있거나, 혹은 각이 잡혀 있지 않고, 실제 동네 아저씨나 이웃 할머니처럼 소박하고 정감이 있다. 특히 일반 가정집을 재현한 주택에 들어가면 자연스럽다 못해 내가 실제 사람이 사는 집에 잘못 들어왔나 착각할 정도. 집주인 역할의 할아버지가 태연하게 쿠키를 굽고 있다거나, 이웃 설정인 할머니 두 분이 앉아서 뜨개질을 하며 수다를 떨고 있다. 그러고는 관광객이 들어오면 기다리던 손님이 왔다는 듯 온화하게 웃으며 차를 건네거나 간식거리를 쥐어 준다.

"이 집에서 애 열 명을 키웠어. 그중 다섯은 죽었지. 겨울에는 추워서 벽장에 다들 들어가서 잤는데 갓난아기는 서랍에 넣어 재우기도 했어. 그러다가 울고 보채면 서랍 문을 닫아 버리는 거야. 하하하. 농담이야. 농담. 이것 좀 봐. 저기 새장 보이지. 난로에 불을 피우면 집에 연기가 가득 찼는데 그 연기를 마시고 새가 기절하면, 환기를 시키는 타이밍인 거야. 이것도 좀 보라우. 우리 영감 살아있을 때 같이 찍은 사진인데, 이 사진 찍고 온 동네 사람들이 구경하겠다고 난리가 났어. 그땐 사진 한 장 찍는 게 대단한 자랑거리였거든. 영감 표정이 딱딱해서 그렇지 이래 봬도 애처가였다오."

조곤조곤한 목소리로 말하는 그 이야기를 듣고 있으면 마음이 푸근해진다. 흡사 시골 할머니 집 아랫목에 앉아 고구마 까먹으며 옛날 얘기를 듣는 기분이 든다. 이런 정겨움이 좋아서, 나는 마음에 찬바람이 불 때 오픈 에어 뮤지엄에 갔다. 그곳에 가면 추운데 어서 들어와 차 한잔하고 가라며 권하는 이웃이, 소싯적 모험담을 들려주며 귀여운 허풍을 떠는 할아버지가 기다리고 있을 것만 같다.

민속촌에서 인상적이었던 점 하나는 네덜란드 현지인들의 생활상뿐만이 아니라 인도네시아 이주민이나 터키 노동자, 혹은 흑인 노예들의 역사와 함께 당시 힘겨웠던 이민자들의 생활상을 보여 주는 전시관이 있다는 것이다. 인도네시아 이민자들이 고향에 대한 그리움을 달래기 위해 만들어 먹었던 요리를 맛보거나, 터키 노동자들의 숙소에 붙은 빛바랜 가족사진을 볼 때면 괜스레 울컥했다. 타지의 적적함을 달래기 위해 민속촌을 찾아오는 내 마음과 그들의 마음이 별반 다르지 않기 때문이리라.

이 작은 마을 안에는 주택가나 상점가 외에 농경지와 밭, 목장, 풍차, 운하, 호수, 기찻길, 스케이트장, 썰매장, 광장 등 네덜란드의 대표적인 풍경이 그대로 축소되어 있다. 그래서 내부를 구경하지 않더라도 그저 산책을 하며 시간을 보내는 것만으로도 좋다. 초록이 있는 계절에는 싱그러운 아름다움이, 가을에는 단풍으로 색이 깊어지며, 겨울에는 스케이트장과 크리스마스 마켓이 개장하여 추위 속에서 활기를 느낄 수 있다. 단, 계절 사이사이 휴식기가 있어 아예 개장하지 않거나, 실내는 문을 닫고 야외만 개장하기도 하니 시기별 개장 일자와 시간을 잘 확인하고 방문해야만 한다.

야외 민속촌 관람만으로도 반나절이 훌쩍 가겠지만, 꼭 인포메이션 센터 지하에 있는 실내 뮤지엄도 놓치지 말고 관람하시기를. 네덜란드 역사와 생활상을 3D 영상, 가상현실, 인터랙티브 게임 등으로 보고 배울 수 있는 별세계가 펼쳐진다. 알아듣지 못해도 오감으로 전시를 체험하다 보면 시간이 훌쩍 지난다.

아른험에서 가장 좋아하는 장소를 꼽으라면 손스빅 공원과 오픈 에어 뮤지엄이라 할 정도로 이곳은 내가 사랑해 마지않은 곳이다. 그래서 지인들이 오면 꼭 데려가고는 했다. 같이 간 친구들, 가족들 모두 이 정감 넘치는 작은 마을을 거닐며 아이처럼 웃었더랬다. 그 미소를 담보로 말하건대, 소중한 이와 함께 특히 아이들이 있다면 일부러 시간을 빼서라도 꼭 방문해 보기를 권한다.

미식 DNA를 찾아서

평소 맛있는 음식이란 '이국적인 음식'이라고 답할 정도로, 나는 다른 문화권 음식을 즐겨 먹는다. 여행지에서도 좀처럼 한식을 찾지 않고 그 나라 음식을 최대한 즐기려는 편. 게다가 첫 네덜란드 여행에서도 별 거부감 없이 현지식을 즐겼었기에 내가 음식 때문에 고생할 줄은 상상하지도 못했었다.

물론, 오기 전에 귀동냥으로 네덜란드는 '식도락이 없는 나라'라거나 '음식은 생존을 위한 에너지원일 뿐'이란 얘기를 듣긴 했어도 그저 서양 음식에 대해 경계심 높은 이들이 과장 섞인 우스갯소리로 하는 말인 줄로만 알았다. 하지만 여기에서 지낸 지 얼마 안 되어, 나는 완전히 더치 음식에 대해 백기를 들고야 말았다.

처음에 도착해서는 저렴한 장바구니 물가에 놀랐다. 유럽에서도 물가가 비싼 나라임에도 불구하고 슈퍼나 시장에서 구매하는 식료품은 대체로 한국보다 저렴하다. 이삼일 치 장을 보아도 20유로 안팎, 한국 돈으로 3만 원을 넘기지 않을 정도로 식재료의 가격이 저렴했다. 특히 고기와 채소 과일 등이 무척 저렴해, 고기나 샐러드는 원 없이 먹을 수 있었다. 처음에는 이렇게 식재료가 풍부하고 저렴한데 왜 사람들은 먹을 게 없다고 하는 건지, 이해가 되지 않을 정도였다. 그렇게 신선한 고기와 채소를 구워도 먹고 삶아도 먹고 볶아도 먹으며 한국에서보다 더 영양가 높은 식단을 즐겼다.

그러다가 요리하기도 만사 귀찮고 한번쯤 밖에 나가서 기분 전환을 하고 싶을 때는 외식을 했는데, 문제는 여기서부터였다. 네덜란드는 기본적으로 외식 물가가 비싸고, 무엇보다 외식할 만한 것이 마땅치 않다. 요즘 같은 시대에 사 먹을 것이 없다는 게 무슨 말이냐 싶겠지만. 정말, 그렇다. 물론 경제적으로 여유가 있으면 어느 나라건 다양한 종류의 음식을 풍족하게 먹겠지만, 넉넉지 않은 이방인의 살림살이에서 선택할 수 있는 운신의 폭은 한국 보다, 혹은 타 유럽에 비해 매우 좁은 편이다. 암스테르담이나 헤이그 같은 대도시에 가면 그나마 사정이 나아지지만, 특히 아른험처럼 작은 도시에서는 가격과 맛, 다양성을 고루 갖춘 한 끼 식사를 찾기가 쉽지 않다.

나가서 먹을 거라고는 오직 빵과 감자튀김, 크로켓 정도이고 비약해서 말하자면 이 세 가지를 어느 수준의 가격과 어떤 모양으로 담느냐의 선택이었다. 빵에 들어가는 햄과 치즈의 종류가 얼마나 되느냐, 감자튀김에 뿌리는 소스나 토핑이 어떤 것인가. 으깬 감자에 소시지를 얹어 먹을 것인가, 미트볼을 얹어 먹을 것인가. 혹은 크로켓 개수와 곁들어지는 샐러드의 유무 차이일 뿐. 결국 더치 음식이란 것이 빵, 감자, 크로켓, 치즈의 범주에서 크게 벗어나지 않는다.

　물자가 풍부하다 못해 넘쳐나는 21세기에 '먹을 게 없다.' 는 말이 이해가 되지 않았으나 지내면 지낼수록 '이렇게 식재료가 풍부해도 먹을 게 없을 수가 있구나.' 싶었다. 동시에 '왜 이런 좋은 식재료를 가지고 요리가 발달하지 않았을까?' 하는 목마른 궁금증도 생겨났다.

흔히 음식 문화는 그 나라의 사고와 가치를 반영한다고 한다. 네덜란드인들은 근검절약과 간결하고 실리적인 삶을 모토로 하는 칼뱅파의 후세들이다. 고로 먹는 행위는 생존을 위한 생명 연장의 활동일 뿐, 이 나라에는 맛있는 음식을 만들어 먹는 즐거움이나 미식을 찾아 즐기는 행복 따위는 삶의 우선순위에 들지 않을뿐더러, 과하게 표현하자면 불필요한 에너지 혹은 사치라고까지 생각한다는 것을 알게 되었다. (물론 이 나라에서도 당연히 요리하는 걸 좋아하고 미식을 즐기는 이들이 많겠지만, 다른 나라에 비해 음식에 쏟는 에너지가 덜한 것 같다는 말이다.)

실리고, 근검절약이고 모두 좋다 치자. 하지만 맛있는 음식을 먹는 건 인간의 본능이 아닐까. 하지만 여기서 지내다 보면 본능이란 것도 유전자에 따라 그 욕망의 정도가 다른 게 아닐까 싶어진다. 한화로 무려 2만 원이 넘는 스페셜 런치 세트를 시켜서, 손바닥만 한 크로켓 반 토막에 쓰다 싶을 정도의 생 샐러드를 받고 나면 더치인들의 유전자에는 '미식을 탐구하는 욕망 자체가 거세되어 있지 않을까?' 하고 심각한 고민에 빠지게 된다.

현지인들은 보통 아침과 점심에는 우유에 시리얼이나 차가운 빵조각으로 식사를 대체하고, 저녁에만 겨우 따뜻한 음식을 먹는다고 한다. 따뜻하다는 기준도 우리처럼 호호 불어먹고 아뜨뜨 하며 한숨 식혀야 하는 뜨끈뜨끈한 국이나 탕이 아닌, 그저 차갑지 않을 정도로 데운 미지근한 수프나 고기 정도를 말한다. 거리에는 빵에 치즈나 햄 한 조각을 단출하게 끼운, 그것조차 번거롭다 여겨 맨 빵, 혹은 생당근 조각을 우물거리며 걸어가는 더치인들을 쉽게 볼 수 있다. 보다 보면 저 큰 키와 체격이 빵

조각이나 당근 따위로 유지가 될까 싶을 정도로 먹거리가 소박하다. 그들의 키와 근육을 만든 에너지는 도대체 어디에서 나온 것일까. 보고 또 봐도 신기할 뿐이다.

'한 끼를 때운다.'는 말이 딱 들어맞게 내 기준에 차갑고 메마른 빵 조각으로 식사를 대체하는 더치인들을 보면, 집에 불러다 뜨끈한 찌개에 매콤한 오징어 두루치기나 제육볶음 한상을 대접해서 맛의 신세계를 보여주고 싶을 정도로 안쓰러운 마음이 든다.

물론 이 미식의 불모지에도 그나마 먹을 만한 음식이 몇 가지는 있다. 일단 수수한 모양새이지만 훌륭한 식감에 담백한 맛을 자랑하는 더치 팬케이크 <Pannenkoeken>, 별다를 것 없는 얇은 밀가루 반죽에 슈가 파우더나 시럽을 뿌려 먹는 심플한 비주얼이지만, 너무 달지도 짜지도 않아 먹다 보면 끊임없이 들어가게 된다. 취향에 따라 기본 스타일에 치즈, 계란 햄, 과일 등 토핑을 얹어 먹을 수도 있다. 네덜란드에 처음 여행 왔을 때 그 맛에 반해 한때 한국에서 더치 팬케이크 장사를 해볼까 고민했을 정도로 매력적인 맛이다.

여기 말로 프릿 <Friet>이라 불리는 감자튀김도 네덜란드 대표 음식이다. 네덜란드 시가지를 걷다 보면 현지인이건 관광객이건 할 것 없이 감자튀김을 손에 든 모습을 볼 수 있다. 우스갯소리로 유럽 사람들은 감자튀김과 와플이 서로 자기네 음식이라 우긴다고 하지만. 어쨌든 더치식 감자튀김은 어디서나 쉽게, 그리고 실패 없이 먹을 수 있는 음식이다.

일단 '감자 맛이 이렇게 다를 수 있구나.' 싶을 정도로 감자가 정말 맛

있다. 슈퍼에서 그냥 감자를 사서 굽거나 삶아서 설탕만 뿌려 먹어도 맛있다. 그 맛있는 감자를 적절하게 튀겨, 마요네즈에 찍어 먹는 프릿은 적어도 일주일에 한 번은 먹어줘야 할 정도로 주기적으로 생각난다. 감자튀김이 뭐 별거라고 대표 음식일까 싶지만, 별 조미 없이도 감칠맛 나는 감자를 한번 먹고 나면 종이 박스에 묻은 마요네즈까지 싹싹 긁어먹고 있는 자신을 발견하게 될 것이다.

역시 튀긴 음식인 크로켓 <Kroketten> 도 유명하다. 밀가루 반죽 안에 감자나 고기, 야채 등을 넣은 튀김인데, 휴게소나 분식집, 카페, 심지어 지하철에 크로켓 자판기가 있을 정도로 흔하게 볼 수 있다. 맛은 비주얼 그대로 예상 가능한 분식집 튀김 볼 맛이지만, 비교적 저렴한 가격에 따뜻하고 든든하게 먹을 수 있다.

호불호가 많이 갈리는 청어 절임 요리 헤링 <Hering> 도 먹을 만하다. 생선을 삭힌 만큼 싫어하는 사람은 냄새도 맡지 못하지만, 회를 잘 먹는 나는 굉장히 좋아한다. 절인 청어 위에 레몬이나 양파채를 올려 먹으며, 빵 사이에 끼워 샌드위치로 먹기도.

마지막으로 나의 사랑 키블링 <Kibbeling>. 간단히 말해 흰 살 생선 튀김인데, 보통 장이 서는 날 생선 트럭에서 사 먹을 수 있다. 해산물 가격이 비싼 편인 네덜란드에서 비교적 합리적인 가격에 든든히 생선을 먹을 수 있는 훌륭한 음식이다. 처음 네덜란드에 왔을 때 생선튀김이라고 해서 딱히 끌리지 않았는데, 여행이 끝날 즈음 우연히 먹어보고 그 맛을 잊지 못해 몇 년간 키블링 앓이를 했었다. 역시나 오자마자 키블링을 찾아 먹었고 입에 넣는 순간 눈물이 찔끔 날 정도로 맛있었다. 지역마다, 또 생선 트럭마다 맛이 조금씩 다른데 기본적으로 키블링은 맛이 없을 수가 없는 음식이기에 자기 입맛에 맞는 트럭을 찾아 골라 먹는 재미를 느껴 보시길.

나는 이 키블링을 먹을 수 있는 생선 트럭이 오는 장날만 기다렸다. 한국의 양념치킨과 키블링 중 선택하라면 주저 없이 키블링을 선택할 정도로 내 소울 푸드가 되었다. 이름마저 블링블링한 키블링. 네덜란드를 떠날 때 가장 아쉬운 것을 꼽으라면 아마 키블링을 꼽을 테다.

자, 이쯤 하면 눈치채셨을 테지만……. 위에 언급한 네덜란드 음식들은 우리 기준으로는 모두 간식들이다. 네덜란드 사람들은 위 음식들로 한 끼 식사를 대체하기도 하지만 한국인들에게는 그저 애피타이저 혹은 디저트일 뿐. 어떻게 간식거리들이 한 나라를 대표하는 음식일까 의문일 정도로 네덜란드 음식이라고 할 만한 메인 요리가 딱히 떠오르는 게 없다. 가혹한 평가인지도 모르겠지만, 혹자는 음식으로 놀림 받는 영국과 네덜란드의 식문화가 비등비등할 정도라 표현하기도 한다.

이 척박한 요리 불모지에서 한 줄기 빛은 그나마 세계화 시대에 살고 있다는 것. 나는 네덜란드 음식으로는 도저히 충족시킬 수 없는 허기를 다른 나라 식당들을 찾는 것으로 채웠다. 제일 만만한 것은 역시 터키 식당. 분명 같은 유럽 땅에서 난 같은 식재료를 쓸 텐데도 고기는 훨씬 따뜻하고 부드러우며 채소와 소스를 풍족하게 쓸 줄 안다. 게다가 음식의 양과 질에 비해 가격도 저렴해서 외출했다가 마땅히 먹을 게 없으면 케

밥 하나 사 들고 배고픔을 해결하고는 했다. 터키 식당은 네덜란드뿐만이 아니라 유럽 전역에서 김밥 혜븐의 김밥처럼 주머니 사정 가볍고 배고픈 자들의 쉼터 같은 곳이 아닐까 싶다.

여기 와서 무엇보다 중국인들과 일본인들이 세계 도처에 자리를 잡고 식당을 내어준 것이 얼마나 고마운지 모른다. 매콤한 음식이 생각날 때, 뜨끈한 국물이 그리울 때, 근처 중국 식당이나 일본 음식점을 찾아갔다. 자리에 앉아 포크가 아닌 젓가락을 쓰는 사람들을 보면 '아시아는 하나!'를 절로 외치게 된다.

그 외 네덜란드 식민지였던 역사 때문에 인도네시아 식당도 많이 있는데, 역시 뿌리가 같은지라 비교적 우리 입맛에 잘 맞았다.

하지만 제대로 된 아시아 식당은 외식비가 비싼 네덜란드에서도 비싼 편이라 특별한 날이 아니면 자주 먹지 못한다. 그래서 찾은 대안이, 아시아 마트. 우리가 사는 지역에는 크고 작은 아시아 마트가 세 개 있었는데, 처음 그곳을 방문했을 때는 그야말로 신세계였다. 한국 식재료뿐만이 아니라 중국, 태국, 인도, 말레이시아 등 다양한 아시아 요리 식재료를 구할 수 있다. 아시아 마트 문을 열고 들어가 향신료 냄새를 감지하는 순간, 시골 할머니 집에서 나는 그 뭉근한 메주 냄새를 맡았을 때처럼 마음이 푸근하게 녹는다.

아시아 마트에서 발견한 재료로 자주 만들어 먹은 것이 바로 마라탕과 똠얌꿍. 큰 도시에 가면 한국 마트가 따로 있다고 하지만, 아른헴 아시아 마트에서는 한국 식재료는 종류도 적고 가격도 비싸, 주로 저렴하고 다양한 중국이나 태국 식재료로 요리를 했었다. 네덜란드 시장에서 산 신선한 버섯과 저렴하고 양 많은 고기를 왕창 때려 넣고 마라탕을 한 솥 끓여두면 그날은 바로 파티 날. 한 솥 가득 끓인 마라탕을 보고 있노라면 얼마나 마음이 든든한지 마라탕을 끓여둔 밤은 다음 날 아침에 또 먹을 수 있다는 생각에 두근거려 잠을 설치기까지 했다. 결국, 마라탕에 중독되는 지경에 이르렀고 후에는 손님이 올 때만 만들어 먹는 걸로 규칙을 정하기도 했다.

이처럼 외국 생활의 구원 같은 아시아 마트 덕에 위급할 때는 간간이 넘어갈 수 있었다. 하지만 이 모든 것은 대안일 뿐. 그 어떤 걸로도 한식을 따라잡을 수는 없다. 반찬과 국, 그리고 메인요리가 나오는 한상차림이 주는 풍요로움과 만족감은 낯선 타지 생활에서 엄마 얼굴만큼이나 그리운 존재였다. 큰마음 먹고 아시아 식당에 간들, 단출한 국수 한 그릇이나 볶음밥 한 접시가 다일 뿐이니. 아무리 배불리 먹었어도 끝없이 허기진 기분에 괜스레 서러워진다.

소위 상다리가 부러질 정도의 백반 한상차림을 받아 '아, 잘 먹었다.' 하고 빵빵해진 배를 턱턱 두드리며 식당을 나서는 그 만족감. 채 소화가 안 되어 위장이 뭉쳐져 있는 상태로 뜨끈한 아랫목에 누워 뱃속에 든 음식과 함께 푹 삭혀지는 그 방만함이 눈물 나게 그리웠다.

네덜란드인들의 유전자에 미식 DNA가 없는 것처럼, 유전자에 박힌 식습관은 좀처럼 잊히지 않는 것 같다. 특히 냉골 같은 방 안에서 손바닥만한 전기장판에 의지해 겨울밤을 보낼 때는 뜨끈뜨끈한 온돌방에서 몸을 지진 후, 닭볶음탕이나 감자탕을 먹는 꿈을 꾼다. 그런 꿈을 꾸고 난 날은 괜히 눈이 뻑뻑하고 목이 칼칼하고 툭 치면 툭 하고 울 것만 같고 그렇다. 내가 아무리 네덜란드인의 실용적이고 담백한 삶을 닮고 싶어 한들, 백반 한상차림 같이 흐드러지다 못해 넘쳐흐르는 음식 문화만큼은 포기하지 못할 것 같다.

미술관의 노인들

떠나오기 전에 가장 슬펐던 건 조카들을 못 본다는 사실이었다. 출국을 앞두고 첫째 조카가 고모가 멀리 간다고 하니 얼굴을 보러 왔었다. 그런데 마냥 아기 같았던 아이가, 이제 '어린이'도 아닌 내 눈에는 다 큰 아가씨 같아 그날 괜히 우울했다. 그 달달하고 보드라운 모습이 점점 사라지고, 어쩌면 그 모습을 다시 볼 수 없게 된다는 사실이 왜 그렇게 슬펐는지 모르겠다. 그냥 그렇게 기척도 없이 지나쳐 버리는 세월이 서글펐다.

이제 적은 나이가 아니다 보니 점점 시간, 아니 세월에 대해 생각하게 된다. 시간이라는 단어보다 세월이라는 단어는 왜 더 슬프게 느껴지는 걸까. 시간은 현재처럼 느껴지고 세월은 과거처럼 느껴지기 때문일까.

아무튼 여기에 와서 가장 많이 한 생각은 '세월'이었다. 좀 더 직설적으로 표현하자면 '늙음'. 새로운 생활에 적응하거나 여행할 때면 확연히 비교되는 체력 저하에 곧잘 김이 빠지고는 했다.

그러고는 '조금만 더 빨리 왔더라면. 혹은 조금만 더 어렸더라면.' 하고 몇 번이나 시뮬레이션을 돌려봤는지 모르겠다. 사진 속 나는 나이가 들었고 거울을 보면 어렵지 않게 주름과 흰머리를 찾아볼 수 있다. 아무리 긍정적이고 진취적으로 생각하려 해도 늦은 나이에 타지에 적응해서 새로운 친구를 사귀는 일은 어려웠다. 낯선 것을 두려워하고 변화에 발 빠르게 적응하지 못하는 것이 '늙음'의 증거일까.

늘 나는 시간을 유예하고 있다는 느낌이 든다. 주위에 비해 젊게 산다는 이야기를 듣지만, 그만큼 내 나이 때 해야 할 무언가를 유예하고 있는 건 아닐까 하는 불안감에 시달린다.

이런 말을 하면 '아직도?' 하고 반문하겠지만, 민망하게도 나는 아직 나이를 먹을 준비가 되지 않았다. 달라진다는 것, 그러다가 없어지기도 한다는 것. 그런 일들이 두렵고 무서워서 견딜 수가 없다.

여름날 네덜란드에 도착해 내내 반짝이던 계절을 보았다. 그리고 가을을 맞을 즈음 반짝이는 계절이 가는 게 꼭 내 모습 같아서 괜스레 서러웠다. 하지만 웬걸, 가을은 쓸쓸하기만 할 거란 예상과 달리 무척 아름다웠다. 그래, 계절마다 아름다움이 있듯 나이대마다 즐거움이 다르겠지. 그 자연스러운 이치를 머리로는 이해하면서도 내 삶에 적용하기는 쉽지 않은 일이다.

몸이 늙는 것만큼이나 생각과 눈이 늙는 것도 두렵다. 나는 콘텐츠를 만드는 사람인데, 가끔 눈이 늙고 있다는 생각이 들 때가 있다. 새로운 콘텐츠에 대해 거부감이 들 때나, 남들은 좋다는 데 별 감흥이 없을 때, 그 럴 때면 '이대로 새로운 것을 받아들이지 못하면 어쩌나, 좋은 것을 좋다 고 느끼지 못하게 되면 어쩌나.' 하는 두려움이 앞선다.

'몸과 마음이 늙어가는 속도를 늦추는 방법.'

그것이 지금 나에게 가장 큰 고민이자 화두이다.

이곳에 와서 놀란 것은 거리에 어르신들이 정말 많다는 점이다. 정확 히 말하면 건강한 노인들이 많다. 우리나라도 고령사회로 접어들고 있어 노년층 비율이 높아지고 있다고는 하지만, 노인들과 청년들의 공간은 확 연히 나뉘어 있는 느낌이다.

하지만 네덜란드에는 번잡한 시내에도, 세련된 펍에도 소위 힙하다는 카페에도 미술관과 축제 현장에도 오히려 청년들보다 노인들이 눈에 띄 게 많아 보인다. 백발의 어르신들이 활기차게 시내를 돌아다니고, 공원 을 산책하고 자전거와 말을 타는 모습을 어디든 쉽게 볼 수 있다. 그들은 노인들만의 공간에 몰아세워진 것이 아닌, 사회 전반에서 왕성히 활동 하는 주인으로 노후를 보내고 있다. 게다가 흰머리나 주름진 피부가 아 니라면 청년이라고 해도 믿을 만큼, 밝고 유쾌하며 무엇보다 건강하다.

특히 미술관에 노인들이 정말 많다. 어느 지역 미술관을 찾아가든 그 곳에서 진지한 얼굴로 작품을 바라보고 이야기를 나누는 어르신들을 볼 수 있다. 어떤 미술관은 오히려 젊은 사람을 찾아보기 힘들 정도이다. 그 저 시간을 때우거나 추위나 더위를 피하기 위한 장소로 미술관을 찾은 것이 아니라, 자신이 좋아하는 작가와 작품에 대해서 진지하게 토론하

는 모습이 인상 깊었다.

그 자연스러운 모습에서 얼마나 문화생활을 오랫동안 누리고 살았는지, 그 문화를 누리기 위한 시간적, 경제적, 체력적, 정신적인 여유가 바탕이 되어 있는지가 느껴진다. 하나같이 꼿꼿한 허리와 튼튼한 다리로 미술관 지도를 들고 헤매는 은발의 할머니와 할아버지를 보고 있노라면, 나는 문득 마땅히 갈 곳이 없어 종로 거리를 떠도는 어르신들이 떠올라 마음 한구석에 그늘이 지고 만다.

여기서 내가 네덜란드의 복지에 대해 찬사를 보내려는 건 아니다. 각 사회와 문화마다 주어진 여건과 상황이 다를 터이니, 어떤 정책에 있어서 발전 속도가 다른 것도 당연한 일이다. 그래서 선진 사회가 가진 밝은 면모에 대해 무조건 감탄한다거나, 혹은 우리가 덜 이룬 것에 대해 자조적인 비관만 할 이유는 없다고 생각한다. 더불어 안정된 복지체계를 이루기까지 그 뒤편의 노예제도와 식민지 착취를 기반으로 일구어 낸 서양 역사를 따지고 들자면 마냥 좋게만 볼 수도 없다. 아니 도리어 그런 것들을 생각하면 얄미움 혹은 분노까지 번지기도 한다.

하지만 무엇이 원인이고 무언이 결과이든 현재 네덜란드의 건강한 노후는 부럽기 그지없다. 그 꼿꼿한 뼈와 탄탄한 근육, 검게 그을린 피부 같은 정말 순수한 동물로서의 건강함이 부럽다. 여기에서 '늙음'은 좀처럼 허약함이나 노쇠함으로 느껴지지 않는다. 머리카락의 색이 바래는 것처럼 시간이 지나 인생의 밀도와 채도가 달라질 뿐, '무너져 간다'는 느낌이 들지 않는다. 무너지지 않고 척추가 꼿꼿이 서 있는 동물적인 건강함, 그것이 진심으로 부럽다.

그 부러움의 끝에는 갖은 잔병치레로 당장 다음 달이, 몇 년 후가 걱정되는 나의 '늙음' 을 돌아보게 된다. 더불어 건강하게 늙고 싶다는 욕망이 강렬해진다. 건강하게 늙고 싶다. 건강하게 늙어서 다시 이곳에 오고 싶다. 다시 와서 미술관을, 거리를, 자연을, 사람들을 늙지 않은 눈으로 마음으로 보고 싶다.

미피의 도시, 위트레흐트

위트레흐트 <Utrecht> 를 생각하면 미소를 머금게 된다. 세련된 대형 쇼핑몰과 운하를 따라 늘어선 벽돌집이 오묘하게 조화된 거리 곳곳에 귀여운 미피 <Miffy> 들이 숨바꼭질하듯 숨어 있다. 위트레흐트는 그렇게 미피처럼 아기자기하고 사랑스러운 도시이다.

위트레흐트는 네덜란드의 대표적인 캐릭터인 미피의 고향이자, 미피 뮤지엄이 있는 곳으로 유명하다. 그래서 많은 방문객이 미피를 만나러 이곳에 들른다. 미술관과 공원에는 미피 조각상이 놓여 있고, 상점마다 개성 있는 미피 용품들로 관광객들의 이목을 잡는다. 센트럴 뮤지엄에 있는 카페에서는 미피 케이크를 먹을 수 있고, 시내에는 미피 신호등까지 있다. 온통 미피, 미피, 미피. 이곳에 오면 잘 만든 캐릭터의 잠재력이란 얼마나 대단한가를 몸소 체험하게 된다.

미피는 어릴 적부터 좋아하는 캐릭터 중 하나였다. 정작 책이나 애니메이션을 제대로 본 적은 없지만, 귀엽고 친근한 이미지 덕에 눈에 보일 때마다 손이 갔다. 어릴 때 좋아하던 캐릭터는 자라서 보면 보통 유치하거나 촌스러워 관심에서 멀어지기 마련인데, 미피는 오히려 세월이 흘러도, 아니 흐를수록 그 단순하면서도 명쾌한 형태와 색감 때문에 더욱 세련되게 느껴졌다. 더불어 아이들을 훈육하기 위해 어른의 시선으로 만들어진 교훈적인 내용이 아니라, 아이들 시선으로 자연스러운 일상을 담아내어 남녀노소에게 많은 사랑을 받고 있다. 특히 미피 뮤지엄까지 가는 거리는 위트레흐트의 아름다운 풍경을 만끽할 수 있어 산책길로도 좋다.

미피뿐만이 아니라 위트레흐트는 네덜란드 여행에 있어 꼭 한 번쯤은 들러야 하는, 아니 들를 수밖에 없는 곳이다. 교통의 중심지라 마스트리흐트, 헤이그, 에인트호번 등 주요 도시에 가기 위해 위트레흐트에서 환승하는 경우가 많기 때문. 그래서 숙박비와 물가가 기함할 정도로 비싼 암스테르담을 대신해, 위트레흐트에 숙소를 잡고 여행하는 것도 합리적인 방법이다. 암스테르담이나 스히폴 공항과도 멀지 않고, 앞서 말했듯 주요 도시로 이동하기에도 편리하다. 또한 대형 쇼핑몰과 상점가, 뮤지엄, 공원까지 운하를 따라 걸어 다닐 만한 거리에 있어 쇼핑과 관광, 휴식 모두를 충족할 수 있다.

게다가 배가 이동할 수 있는 통로 역할을 하는 암스테르담의 운하와 달리, 위트레흐트 운하는 폭이 좁으면서 양옆으로는 운하를 즐길 수 있는 여유 공간이 있다. 그래서 따뜻한 계절에는 이 운하 둑에서 브런치를 먹거나 뱃놀이를 하며 그림 같은 시간을 보내는 이들이 많다.

추천하는 장소는 오르골 박물관. 우리나라에는 오르골이 그저 아이들의 장난감, 혹은 이색적인 장식품 정도로 여겨지지만, 네덜란드에서는 주말이나 축제가 열리면 거리에서 오르골을 쉽게 볼 수 있다. 오르골 박물관에서는 다양한 오르골을 보고 듣고, 직접 만들어 볼 수도 있어 아이들뿐만이 아니라 어른들에게도 오감이 즐거운 장소이다. 화려하면서도 섬세한 외형에 향수를 자극하는 서정적인 멜로디를 듣다 보면, 그 매력에 빠져 어느새 기념품 가게에서 오르골을 고르고 있는 나를 발견하게 된다.

이름처럼 위트가 넘치는 도시 위트레흐트. 나는 활기가 필요할 때면 위트레흐트에 가곤 했다. 기차역과 연결된 대형 쇼핑몰은 어딜 가나 한적한 아른험에서는 좀처럼 느낄 수 없는 활기가 넘친다. 사람들로 북적이는 쇼핑몰에서 생동감을 만끽하고 나오면 시대를 넘어온 것처럼 19세기 풍의 골목과 운하의 낭만적인 풍경이 펼쳐진다.

세련된 대형 쇼핑몰은 네덜란드의 현재를, 운하를 따라 늘어선 길쭉한 세모 집들은 네덜란드의 과거를 고스란히 담고 있다. 그 사이에 장난처럼 끼어 상반된 시대를 부드럽게 이어 주는 건 역시 미피. 귀여운 미피를 따라 숨은그림찾기 하듯 도시 곳곳에 숨겨진 매력들을 찾다 보면 어느새 기차 시간이 훌쩍 다가와 있다.

신기루 같은 시간

하루는 식탁에 앉아 하늘을 보는데 날씨가 정말 좋았다. 커피를 내리면서 아무 일도 일어나지 않는 오후가 새삼 낯설다고 생각했다. 이렇게 평온한 시간이 허락되는 건 언제까지일까.

문득 인생에서 일어나는 모든 일들이 우연도 운명도 아닌 그저 질량보존의 법칙 안에서 움직이는 게 아닐까 하는 생각을 했다. 삶에 행복과 불행의 질량이 균등하다면 이곳에서 이만큼의 행복을 누렸으니 나는 남은 시간 동안 또 얼마만큼의 불행을 감당해야 할까. 그런 불길한 예감이 들면 종종 서늘해졌다.

나에겐 그럴 때 쓰는 오랜 대처법이 있다. 그것은 '비관의 힘'을 빌리는 것이다. 모두가 긍정의 힘을 외치지만 살아오며 나는 오히려 낙관보다 비관이 힘이 될 때가 많았다. 모든 게 잘 될 거라는 믿음보다 때로는 대부분이 예상과는 다르게 흘러갈 거라고 미리 실망해 두면 마음이 놓이고는 한다. 적당한 비관은 쓸데없는 기대를 없애고, 그래서 과도한 실망도 없는 상태가 된다. 그래서 나는 자주 비관이 주는 평온에 기댄다.

네덜란드에 와서 한동안은 붕 뜬 마음으로 지냈다. 그러다 얼마 지나 조금 가라앉는 계기가 있었다. 특별히 안 좋은 일이 있었던 건 아니고. 문득 꿈속을 떠돌다가 아차 싶어 현실감각을 되찾는 계기가 있었다. 이 모든 건 내 것이 아니고 스크린 속의 풍경처럼 손에 잡히지 않는, 언제든지 사라질 수 있는 세상이라는 사실.

네덜란드에서의 시간들이 내 인생에서 일종의 신기루 같은 거라고 생각했다. 그동안 열심히 살았다고 누군가가 나에게 시원한 물 한잔 대접하는 그늘 같은 시간이라고. 결국 자의든 타의든 나는 언젠가는 여기를 떠나야 하는 사람일 뿐이었다. 그런 쓸쓸함은 아마 떠나는 날까지 지속될 것 같았기에 나는 순간에 집중하려고 부단히 마음을 다잡았다. 하지만 자꾸만 붕붕 떠오르려는 마음을 억지로 가라앉히려 해도, 좀처럼 발이 땅에 닿지 않았다.

'언제나처럼 허공을 걸으며 살 수는 없을까. 언제나 신기루 속 환영처럼 떠돌 수는 없을까.'

하루하루를 현실감 없이 살다, 문득 세 달이 지난 시점이었다. 하루하루와 일주일 단위의 시간은 눈 깜짝할 정도로 빠른데 정작 세 달밖에 안 지났다니, 적어도 반년은 지난 거 같아 의아했다.

오기 전에 주변에서 세 달째가 제일 고비라는 말을 많이 들었다. 그때가 향수병이 심하고 가장 돌아오고 싶을 때라고. 실제로 그즈음 돌아오는 사람들도 많다고 했다. 그 말에 대한 기억 때문인지 아니면 정말 시기상 그런 건지 신기하게도 종종 한국에 가고 싶다는 생각을 했다. 아니 한국이 아닌 우리 집. 소파가 있고 드러누워 텔레비전을 켜면 한국 예능이 나오고 통닭을 시켜 먹을 수 있는 우리 집.

한여름에 와서 가을을 지나 어느새 겨울 초입에 들어섰다. 천국이 이런 풍경이 아닐까 싶게 만들었던 눈 부신 햇살과 초록이, 하루아침에 회색빛의 스산한 풍경으로 변했다. 배를 내고 자던 햇님이가 온기를 찾아 담요에 파고들기 시작하고, 아침저녁으로 뜨끈한 국물이 생각날 때. 온종일 비바람에 휩쓸려 다니다가 으슬으슬한 밤이면 더욱 집에 가고 싶다는 생각이 들었다. 하지만 아침에 일어나 창문 밖으로 보이는 새파란 하늘을 보면 가능한 한 돌아가고 싶지 않다며, 손바닥 뒤집듯 변덕을 부렸다.

당연한 말이지만 이곳에서의 생활이 SNS 속 사진처럼 마냥 반짝반짝한 시간만은 아니었다. 생각지 못하게 툭툭 터지는 문제들에 매일 주어진 미션을 해결해 나가는 심정으로 살았다. 인생에서 모든 것이 반짝거리고 모든 것이 충족되는 날이 있기는 할까. 있더라도 그런 순간은 아주 찰나 같아서 유심히 지켜보고 있지 않으면 금세 사라진다.

그런 생각을 하면 자주 눈물이 났다. 네덜란드에 온 이후로 호르몬 이상이 아닐까 싶을 정도로 자주 울었다. 마땅한 이유 없이 툭 하면 툭 눈물이 났는데, 길을 걷다가 해가 좋아서, 낙엽이 좋아서, 그날 식사가 만족스러워서 울었다. 물론 떠날 생각을 할 때 가장 많이 울었다.

　그리고 또 달라진 점은 말이 아주 많아졌다. 온라인이든 오프라인이든 말할 기회가 생기면 수다스럽게 이야기를 늘어놓는 내 모습이 낯설었다. 그런 나에게 한 친구가 '속에 차 있던 것이 눈물과 말로 빠져나와 치유가 되는 과정'이라는 아주 낭만적인 위로를 해줬다. 그 이야기에 또 쬐끔 울었고, 그 말이 얼마나 감동스러운지를 구구절절 되풀이해서 말했다.

　그리고 그 말을 들은 날, 내가 왜 도망치고 싶었는지, 무엇으로부터 도망칠 수밖에 없어 이곳에 왔는지에 대해 장문의 글을 썼다가 다음날 지웠다. 몇 번 썼다 지우고 썼다 지우고 하는 동안 마음에 쌓인 것들도 말과 눈물로 함께 지워질 거라 믿었다. 그렇게 자연스럽게 비워 내는 과정을 겪는 일, 그것이 이곳에 온 이유이기에.

　오기 전 유럽의 겨울은 길고 해가 짧아 무척 힘들다는 이야기를 들었다. 그래서 완연한 가을을 지나 겨울 초입에 들어서던 때, 제일 먼저 비타민을 잔뜩 사서 쟁여 뒀다. 안개가 자욱하게 낀 이 아름다운 신기루 속에서 길을 찾아 헤매려면, 몸과 마음의 체력을 길러야만 하니깐.

남쪽 끝으로, 마스트리흐트

책을 좋아하고 책 만드는 일을 하다 보니 여행을 가면 꼭 그 지역의 서점에 들른다. 배낭여행 때에도 세계에서 가장 아름다운 서점으로 꼽힌 책방이 마스트리흐트 <Maastricht> 에 있다고 해서, 반가운 마음에 찾아갔었다. 서점도 기대만큼 멋졌지만 그보다 도시 자체도 무척 아름다워 네덜란드에 살게 된 이후, 꼭 다시 여행을 가야지 하고 생각했었다.

마스트리흐트는 네덜란드 남동부에 위치하며, 독일과 벨기에 사이에 있어 좀 더 선이 굵직굵직한 이국적인 풍경이다. 마스강 위로 네덜란드에서 가장 오래된 석조 다리인 성 세르바스 다리 <St. Servaasbrug> 가 도시를 가르고 있는데, 강물 위로 반짝이는 햇살과 상쾌한 강바람을 맞으며 다리를 건너 구시가지로 갈 수 있다. 처음 방문했을 때는 초여름이라 도시 전체가 활기차고 건강한 청년 같은 느낌이었으나, 초

겨울에 방문했을 때는 여유롭고 고상한 중년 부인 같은 분위기로 다가왔다.

중세 시대로 돌아간 듯 운치 있는 골목과 개성 있는 상점가를 걷다 보면 세상에서 가장 아름다운 서점으로 불리는 셀렉시즈 도미니카넌 <Selexyz Dominicanen> 이 보인다. 이곳은 옛 교회를 개조해 만든 서점으로 7년 전에 방문했을 때는 서점 문을 열고 들어가는 순간 탄성이 나올 정도로 우아하고 고요한 인상이었다. 하지만 그사이, 여느 관광명소의 운명이 그러하듯 분위기가 많이 달라져 있었다. 예전에는 옛 교회 공간 한편에 서점이 무릎에 손을 모으고 정좌하고 있는 듯했다면, 지금은 현대식 대형 서점의 어깨 위에 교회 구조물이 마지못해 얹힌 느낌이었다. 유명세 탓에 특유의 고즈넉했던 분위기는 다소 사라졌지만, 책과 책방을 사랑하는 분이라면 한 번쯤은 방문해볼 만한 장소이다.

서점도 유명하지만 내가 마스트리흐트를 다시 찾은 이유 중 하나는 우연히 발견한 성당 때문이다. 처음 왔을 때는 서점 외에 별다른 정보가 없어 발길 닿는 대로 다녔었다. 그러다가 쉴 곳을 찾아 이름 모를 한 성당에 들어갔는데, 순간 사방이 검은 안개로 둘러싸인 판타지 영화 속으로 들어온 듯 신비로운 분위기에 압도되었었다.

비밀스러운 성지 같은 이곳은 바로 성모 마리아 성당 <Basilica of Our Lady>. 그간 유럽을 여행하며 이름만 대도 유명한 성당과 교회들을 많이 보았지만, 이곳이 내겐 가장 인상적인 성당으로 남아 있다. 비록 종교가 없지만 들어서는 순간 한없이 너그럽고 따뜻한 존재가 나를 품어 주는

기분이 들었다. 다시 찾았을 때도 사람의 언어로는 미처 담아내지 못할 무한한 에너지를 느끼며 이유 없이 눈물이 났다. 그렇게 한참 동안 생각에 잠겨 있다 보니, 시간이 훌쩍 지나있던 기억이 있다.

구도심에는 주교의 방앗간 터에 1442년에 오픈한 비숍몰런 <Bisschops molen> 이라는 빵집이 있는데, 7세기부터 돌아가던 물레가 그대로 남아 있다. 파이와 커피, 혹은 티를 세트로 판매하여 비교적 저렴한 가격에 음료와 디저트를 즐길 수 있다. 특히 이 빵집은 애플파이가 유명한데, 바삭한 한국식 파이와는 조금 다른 뭔가 할머니 손맛 같은 구수한 맛이다. 인테리어도 꼭 시골 할머니 집에 놀러 온 듯 따뜻하고 푸근한 느낌이라, 밀려드는 손님들이 아니었다면 퍼진 엉덩이를 좀처럼 떼기가 힘들었을 테다.

디자인에 관심이 많다면 교육기관이자 연구소로 유명한 얀 반 에이크 아카데미 <Jan Van Eyck Academie> 의 오픈 데이를 확인해 보시길. 창으로 빛이 한가득 들어오는 세련된 건물 안을 거닐다 보면 이곳에서 작업하는 예술가들이 절로 부러워진다. 얀 반 에이크는 종종 외부인을 대상으로 그래픽 디자인, 리소그래피, 타이포그래피, 포토그래피 등 다양한 시각 예술 워크숍과 전시, 아트북 페어도 열리고 있으니 관심이 있다면 한 번쯤 참여해 볼 만하다. 내가 갔던 때에는 리소 아트북 페어가 열리고 있었는데, 동아리 발표회 같은 소소하고 정겨운 분위기의 북 페어였다.

시내를 한 바퀴 돌고 난 뒤 슬슬 출출해졌을 즈음, 뭐 먹을 게 없나 싶어 둘러보다 리에주 와플이 유명하다고 해서 찾아갔다. 와플이 와플이

겠지 싶어 별 기대 없이 먹었다가 한 입 먹는 순간 그 쫀득쫀득한 식감에 눈이 휘둥그레졌었다. 네덜란드 전역에서 흔히 먹는 스트룹와플이 눅진한 과자 같다면, 벨기에 2대 와플이라 불리는 리에주 와플은 빵과 떡의 중간 질감에 흡사 호떡이 연상되는 친근한 맛이다. 따끈따끈한 와플을 손에 쥐고 강변을 산책하며 노을 지는 풍경을 본다면 그야말로 여행의 완벽한 마무리!

네덜란드를 여행하며 이곳은 한 번만 와도 충분하다거나, 혹은 날씨가 좋은 시기에만 와야겠다 싶은 곳이 있다. 반면 어떤 장소는 계절마다 변화를 보고 싶어 기회가 될 때마다 가고 싶은 마음이 든다. 그렇게 사계절 모습이 모두 궁금한 도시가 바로 마스트리흐트이다.

기나긴 겨울

네덜란드 겨울은 오후 4, 5시가 되면 해가 져서 끝없는 밤을 사는 느낌이다.

'여기는 겨울만 잘 버티면 된다.'

'겨울을 나기 위해서 비타민을 챙기고, 일찌감치 여행을 계획해라.'

'우울증이 오기 십상이니 하루에 한 번 꼭 산책해라.'

이렇게 유럽의 겨울에 대한 악명을 익히 들어 마음의 준비를 하고 있었다. 그럼에도 불구하고 처음 맞이하는 이곳 겨울은 추스를 겨를도 주지 않고 맹타를 날렸다. 따스한 빛으로 가득했던 풍경은 꽁무니도 찾아볼 수 없이 사라지고, 주위는 온통 어둠만 남기고 싹 물러난 것처럼 적막이 이어졌다. 10월 즈음부터 슬슬 시작되는 겨울 기운은 3월 말까지 거의 6개월, 그러니깐 무려 일 년의 반을 차지한다.

평소 겨울 특유의 고요함을 좋아해서 이곳의 겨울도 잘 지낼 거라고 호언장담했다. 하지만 큰소리친 게 무색하게도 익숙한 줄로만 알았던 어둠 속에서, 나는 길을 찾지 못하고 헤맸다.

그나마 이 기나긴 겨울을 버티게 하는 것은 크고 작은 이벤트들. 특히 유럽에서 처음 맞이하는 크리스마스에 대한 기대감이 언 마음을 녹이게 했다. 이곳에서는 크리스마스 분위기를 조금 일찍 느낄 수 있는데, 성 니콜라우스로 분장한 신터클라스 <Sinterklaas> 라는 네덜란드 고유의 산타가 따로 있기 때문이다. 네덜란드 전통 크리스마스는 신터클라스가 스페인에서 배를 타고 오는 11월 중순경부터 시작해, 12월 5일 이브를 거쳐 12월 6일 신터클라스데이로 마무리된다. 이 기간에는 신터클라스와 그의 조수인 검은 피터 <Zwarte Piet> 들이 거리를 행진하며 계피 맛의 전통 과자 <Pepernoten> 를 나눠주는 행사가 펼쳐진다.

신터클라스의 조수인 검은 피터는 굴뚝을 타고 내려오는 바람에 재로 얼굴이 까맣게 되었다는 독특한 설정을 하고 있다. 외부인이 보기에는 영락없이 흑인 노예를 연상하게 해 볼 때마다 꺼림칙한 기분이 든다. 인종차별이 아니냐 물으면 더치인들은 말도 안 되는 소리라고, 굴뚝의 재를 뒤집어쓴 것뿐이라고 난색을 표한다. 하지만 안팎으로 비판이 일자 전신이 새까만 모습에서 최근에는 얼굴에만 살짝 재를 묻힌 형태로 변화하는 추세이다.

아무튼, 우리에게는 다소 낯선 신터클라스 행사가 끝나고 나면 좀 더 익숙한 크리스마스 분위기가 이어진다. 창가와 마당에는 아기자기하게

꾸민 크리스마스 장식이 산책길을 즐겁게 하고, 상점가에는 화려한 쇼 윈도와 크리스마스 맞이 세일로 활기가 돈다. 또 도시 곳곳에 크고 작은 크리스마스 마켓이 열리고, 트리 장식이 수문장처럼 도시 입구에 세워진다.

시즌 먹거리도 빠질 수 없는데, 기차역이나 광장에는 겨울에만 판매하는 올리볼렌 <Oliebollen> 트럭이 선다. 직역하면 기름 빵이라고 할 수 있는 이 빵은 밀가루 반죽을 기름에 튀겨 슈거 파우더를 뿌려 먹는데, 흡사 우리네 시장에 파는 찹쌀 도넛과 비슷한 맛이다. 올리볼렌을 베어 물고 광장과 운하에 겨울 한정으로 열린 스케이트장을 보고 있으면, '내가 네덜란드에 있구나.' 하는 실감이 든다.

아른험에도 크리스마스 전주에 마켓이 열렸다. 시내 상점가를 따라 좌판이 열리고, 크고 작은 이벤트들이 펼쳐져 온 동네 사람들이 한바탕 시끌벅적하게 웃고 떠들었다. 1유로짜리 올리볼렌 빵 하나를 사서 한 손에는 코코아를 들고 축제 분위기에 휩쓸려 이리저리 흘려 다니다 보니 그간 쌓인 마음의 먼지가 폴폴 날아갔다.

이쯤 되면 크리스마스라도 없었으면 어쩔 뻔했을까 싶을 정도로 이벤트가 주는 활기가 소중하게 느껴진다. 크리스마스가 없는 유럽의 겨울은 아마 길고 긴 암흑을 걷는 기분이 아닐까. 그 끝이 보이지 않는 어둠 속에서 마치 크리스마스 전구 불빛을 등대 삼아 주섬주섬 길을 찾아가는 기분이 드니 말이다.

요란한 크리스마스 전야와 달리, 크리스마스 당일에는 한국과는 전

혀 다른 풍경이 된다. 이브와 당일에는 상점가가 대목을 앞두고 발 디딜 틈 없이 북적이는 우리와 달리, 이곳은 언제 시끄러웠냐는 듯 유령도시로 변한다. 더치인에게 크리스마스는 마치 우리의 설 명절과 동일해 보통 가족과 보내거나 명절을 쉬러 본가로 내려가기 때문. 그래서 상점 대부분이 문을 닫고, 거리도 찬바람이 휘돈다. 나도 축제를 기대하고 설레는 마음으로 외출했다가 썰렁한 거리 풍경에 괜히 콧물을 훌쩍이며 집으로 돌아왔었다.

크리스마스를 보내고 나면 자연스럽게 연말 분위기로 이어진다. 상점가는 막바지 세일로 북적이고, 마트에는 파티용 음식들을 시즌 한정으로 판매한다. 그리고 연말이 가까워지면 너 나 할 것 없이 불꽃놀이를 시작한다. 우리나라는 축제나 이벤트가 있을 때 주최 측의 주도하에 특정 장소에서만 불꽃을 쏘는 경우가 대부분이지만, 네덜란드는 기관이나 일반인 할 것 없이 장소 불문하고 모두 불꽃을 쏘아 올린다.

그 소음과 연기 때문에 문제가 많아 지금은 12월 31일 저녁 6시부터 1월 1일 새벽 2시까지만 불꽃놀이가 허용된다고 한다. 하지만 으레 그렇듯 규칙은 잘 지켜지지 않아, 연말 즈음이 되면 여기저기서 불꽃이 터지는 폭발음이 들린다. 처음에는 불꽃 소리가 총소리인 줄 알고, 테러가 일어난 게 아닌가 놀라 낮잠을 자다가 화들짝 깨기도 했다. 그 정도로 조용한 주택가에서도 느닷없이 불꽃을 터뜨려 좀처럼 적응이 되지 않았다.

합법적인 만큼 12월 31일은 불꽃놀이의 절정이다. 마지막 날이니 나도 간식을 사서 구경하러 강변으로 나갈 채비를 했다. 하지만 몇 걸음 못 가 매캐한 화약 냄새와 사방에서 시도 때도 없이 터지는 폭발음에 놀라 집으로 줄행랑을 쳤다. 그만큼 연기와 소음이 무시무시했는데 전쟁이 난다면 이렇지 않을까 싶을 정도였다. 우연하게도 며칠 전 전쟁 박물관에 갔다 온 터라, 꽤나 구체화된 상상을 하며 두려움에 떨어야만 했다.

강변에서의 평화로운 불꽃 구경은 실패했지만, 대신 창밖으로 간간이 보이는 불꽃을 보며 조용히 한 해를 정리하는 시간을 가졌다. 불꽃이 수놓는 창밖 풍경은 꽤 낭만적이었지만, 낯선 곳에서 연말을 보내는 기분은 다소 쓸쓸했다.

돌이켜 보니 네덜란드에 오기까지 본격적으로 준비한 시간이 얼추 반년, 여름에 도착해 가을을 거쳐 겨울까지 다시 반년이 흘렀구나. 그렇게 여러 변화 속에서 크고 작은 성취와 패배감을 느끼다 보니 훌쩍 한 해가 지나 있었다.

하나의 줄기로 솟아올랐다가 사방으로 갈라지며 터지는 불꽃을 보고 있으니 머릿속의 잡념도 사방팔방으로 튀고 터졌다. 그중 불안함, 고립감, 외로움 등이 가장 불씨가 거셌다. 볕을 못 봐서 그런지 하나같이 말간 느낌 없이 죄다 거무튀튀하고 칙칙한 놈들인데, 한번 생기면 좀처럼 없어지지 않는 기미처럼 아무리 비타민을 챙겨 먹은들 사라질 낌새가 보이지 않았다.

어느 순간은 불씨가 너무 강해져 아, 이거 잘못하다간 애꿎은 데 불똥이 튀겠다 싶기도 했다. 그럴 땐 응급 처치로 아끼고 아껴둔 인스턴트 떡볶이를 데우고, 평소보다 초코 가루를 한 스푼 더 넣어 진하게 끓인 코코아를 마셨다. 다급히 처치한 후, 다시 창밖을 보며 감상 모드로 전환했다.

자정에 가까워졌을 때 절정에 다다른 불꽃놀이를 보며, 그간 네덜란드에서 지내며 잃은 것과 얻은 것을 저울질해 봤다. 신기하게도 잃었다고 생각하는 무언가와 얻었다고 생각하는 무언가가 퍼즐처럼 아귀가 맞다. 그렇게 플러스마이너스를 반복하다가 결국 제로베이스가 되어 새해를 맞이했다.

새해에는 몸과 마음, 둘 다 활발히 움직여야겠다고 다짐했다. 그 움직임이 모여 신호가 되든 춤이 되든 무언가가 되었으면 좋겠다고. 너무 바쁘게 사느라 지쳐서 도망 왔는데, 얼마 쉬었다고 몸이 근질근질한 걸 보니 사람의 마음은 참 간사하다 싶다.

요란했던 불꽃놀이가 끝나갈 즈음, 아마도 마지막이 될 불꽃 줄기를 올려다보며 소망을 빌었다. 이 길고 긴 겨울이 무사히 지나길. 튤립이 피어나고 초록이 만발하는 봄이 어서 오기를. 그래서 마음에 생긴 거뭇거뭇한 기미도 말끔히 사라져, 말간 얼굴로 네덜란드의 눈부신 봄날을 만끽할 수 있기를.

소망의 마침표를 찍자 한 박자 뒤늦게 터진 불꽃이 밤하늘에 유난히 밝은 잔상을 남겼다.

소설 속으로, 데벤터르

우연히 고풍스러운 골목에서 19세기 복장을 한 사람들의 사진을 보았다. 흥미가 생겨 찾아보니 사진 속 장소는 데벤터르 <Deventer> 라는 작은 도시였다. 데벤터르는 에이설강에 면한 오버레이설 <Overijssel> 주에 있는 도시로, 우리에게 스크루지 영감으로 유명한 단편 소설 크리스마스캐럴의 작가, 찰스 디킨스 축제 <Dickensfestijn> 때문에 유명하다는 것을 알게 되었다.

세익스피어와 함께 어깨를 나란히 하는 영국의 대문호 찰스 디킨스가 '이 작은 네덜란드의 도시와 무슨 연관이 있을까?' 라는 궁금증이 먼저 일었다. 그다음에는 문학가의 축제라니 '카페에 모여 함께 책을 읽거나 초판본 또는 삽화를 전시하는 정도겠지.' 라는 축제 규모에 의구심이 이어졌다.

하지만 축제 정보를 알면 알수록 호기심은 더해졌는데, 그 이유는 바로 일반적인 문학 축제와 달리 마을 사람들이 찰스 디킨스의 소설 속 인물들로 분장을 하고 거리에서 연극이나 공연을 한다는 이야기 때문. 이 독특한 축제를 보기 위해 인구 7만이 안 되는 작은 도시에 무려 해마다 15만 명이 방문한다는 사실에 더이상 망설일 이유가 없어졌다.

데벤터르는 내가 살고 있는 아른험에서 기차로 40분 내외로 갈 수 있었다. 거리가 가까워 축제 전에 답사차 방문했는데, 기차역에서 내려 구시가지로 걸어가는 짧은 시간 동안 나는 아늑한 분위기의 이곳을 사랑하게 될 거라 예감했다.

아기자기한 골목길에 자리 잡은 중고 서점들과 엔티크 숍을 구경하며 걷다 보면 마치 오래된 팝업 북이나 작은 멜로디 상자 속에 들어와 있는 기분이 든다. 가게를 지키는 주인들도, 뭐 하나 급할 것 없이 책을 읽거나 뜨개질을 하거나 꾸벅꾸벅 졸면서 시간을 보내고 있다. 중세 시대에 시간이 멈춰진 것 같은 이 평화로운 마을에서 펼쳐지는 문학 축제라니. 데벤터르에 답사를 다녀온 날 이후로, 찰스 디킨스 축제가 열리는 날만 손 꼽아 기다렸다.

찰스 디킨스 축제는 근 30여 년이 되어 가는 오래된 축제이다. 나를 비롯해 사람들이 제일 궁금해하는 건 왜 네덜란드 작가도 아닌 영국 작가, 찰스 디킨스의 축제가 뜬금없이 이 작은 마을에서 열리는가 하는 의문이 아닐까. 나는 아주 미스터리한 비밀이 숨겨져 있을 거로 추측했다. 분명 찰스 디킨스가 생전 데벤터르의 낡은 다락방에 은거하며 생의 마지막이

될 역작을 썼다거나, 아니면 사랑했던 연인과 밀회를 즐기던 곳이었다거나 하는 흥미로운 이유가 있을 거라고.

하지만 알고 보니 찰스 디킨스의 소설을 좋아하는 마을 주민이 순전히 '덕심'으로 축제 아이디어를 냈다고 한다. 아이디어를 낸 주인공과 그 주변 마을 사람들 40여 명이 디킨스 속 인물로 분장하고 거리를 거닐던 것에서 시작되어, 점차 참여 인원이 많아졌고 지금은 천여 명에 가까운 주민들이 참여하는, 네덜란드를 대표하는 축제 중 하나가 된 것이다. 상상력을 긁어모아 갖은 추측을 했던 나는 그 유례를 듣고 작가와 작품에 대한 순수한 '덕후력'으로 축제를 만든 그 마음이 오히려 귀엽게 느껴졌다.

드디어 축제 날, 일찌감치 채비를 했음에도 불구하고 도착하니 마을 초입부터, 축제가 열리는 구시가지까지 긴 줄이 서 있었다. 영하의 날씨에 강풍이 몰아치는 한파 속에서 한 시간여를 기다려 입장했는데, 너무 춥고 줄이 길어서 돌아갈까 싶은 마음과 동시에 얼마나 볼만하면 이 추위에 이렇게 많은 사람이 모여들까 하는 기대감이 동반되었다.

그렇게 오랜 기다림 끝에 마을에 들어서는 순간, 마을 전체가 거대한 세트장이 된 이국적이고 진귀한 풍경에 절로 입이 벌어졌다. 어르신, 동네 꼬마 할 것 없이 모두 소설 속 인물들로 분장을 하고 손님들을 맞이하는데, 단순히 옷을 입고 화장만 한 것이 아니라 말투와 몸짓까지 소설 속 배경이 된 19세기 속에서 튀어나온 모습이었다. 우리에게 익숙한 스크루지 영감부터 올리버 트위스트 굴뚝 청소부, 구걸하는 고아원 아이들 등 개성 있는 캐릭터로 분장한 마을 사람들의 능청스러운 연기에 지금 내가 있는 공간이 현실인지 환상인지 구별이 되지 않았다. 거리를 매운 관광객들이 아니었다면 나도 모르는 사이 비밀의 문을 통과해 19세기로 건너왔다 착각했을지도.

잡화점 청년, 카페 아가씨, 정육점 할아버지, 서점 집 막둥이. 평범한 이웃들로 이루어진 이 사랑스러운 배우들은, 전문 배우 못지않게 진지한 얼굴로 혼신의 연기를 보여주었다. 그 모습을 보다 보면 나도 모르게 아이처럼 발을 구르며 손뼉을 쳤다. 의상과 화장도 굉장히 공을 들이고 정교해서, 구경하느라 정신이 팔려 한 걸음 앞으로 나아가기가 힘들었다. 축제를 즐기다 보면 어느 소설 속의 등장인물인지, 어떤 장면을 연기하고 있는지 궁금해져, 찰스 디킨스 소설을 완독하고 왔어야 했다는 뒤늦은 후회가 들었다.

골목 곳곳에는 와인, 코코아, 커피 등 따뜻한 음료와 직접 만든 베이커리류의 간식들도 팔았는데, 놀라운 점은 판매 가격이 일반 상점들보다 저렴하다는 것. 어디든 축제가 열리면 단단히 한몫 챙기려고 값을 비싸게 받는 게 일반적이지만, 이곳은 눈앞의 매출보다는 축제를 즐기러 온 손님들에게 기분 좋게 음식을 대접한다는 느낌을 받았다.

그런 인상은 비단 푸드 트럭만이 아니었다. 다 함께 힘을 합해 멋지게 이 축제를 치러 내는 일 자체가 주민들의 가장 큰 관심사이자 자부심인 듯했다. 사진을 요청하면 뿌듯한 얼굴로 포즈를 취하고, 아무리 작은 배역이더라도 맡은 역할에 심취해있는 모습에 절로 미소가 지어졌다. 그렇게 마을 사람들이 진심으로 축제를 즐기고 있다는 기분이 축제 내내 들어, 손님인 나도 눈치 볼 것 없이 마음 놓고 즐길 수 있었다.

한 번 보고 나온 뒤에도 아쉬운 마음에 재입장을 했는데, 두 번째 볼 때는 해가 진 어두운 골목이 크리스마스 전등 장식과 어우러져 분위기가 더 좋았다. 결국 축제에 참여한 마을 사람들이 퇴근할 즈음 돼서야 나도 마을에서 빠져나왔다. 기차역으로 향하는 길에 정말 오랜만에 문자 그대로 '축제'를 제대로 즐겼다는 만족감 한편으로, 좀 더 이 공간에 있고 싶다는 생각에 발걸음이 떨어지지 않았다.

집으로 오는 기차 안에서 동네 꼬마들을 찍은 사진을 보며, 이 마을에서 자란 아이들이 새삼 부러워졌다. 동네 친구들, 언니, 오빠, 옆집 할아버지, 할머니 모두 모여 이날만을 위해 역할을 배정하고 노래를 준비하고 옷을 만들며 웃고 떠드는 그 시간이 아이들의 기억에 얼마나 따뜻한 추억으로 남았을까. 그런 기억을 안고 자라난 아이들은 또 얼마나 따뜻한 마음을 가진 어른으로 자라날까.

문득 공동체란 이런 게 아닐까 싶다. 길거리에 흩어진 아이들을 한데 모으고, 노인들을 집 밖으로 불러내어 한바탕 신나게 놀 궁리를 꾸미는 일. 그렇게 즐거운 추억을 만들고 그 기억을 공동체 밖의 사람들과 나누는 일. 그 안과 밖에서 모인 온기로 길고 긴 겨울을 버티는 에너지를 얻는 일. 그것이 공동체가 가진 역할이자 힘이라고.

한국에 있을 때는 '결국 인간은 혼자야.'라며 자조적인 한탄을 자주 하곤 했다. 하지만 이곳에 온 뒤로 인간은 어쩔 수 없이 '함께' 살아가는 존재임을 깨닫게 된다. 낯선 이들과 뒤섞여 와자지껄 이 사랑스러운 축제를 즐기는 동안, 추위에 꽁꽁 얼어붙은 이방인의 마음에도 잠시나마 온기가 돌았으니 말이다.

햇님

햇님이가 떠났다. 햇님이가 떠나서인지, 주위가 온통 햇볕 한 줌 없는 암흑으로 변했다.

나이가 많았고 오래 아팠기 때문에 나는 마음의 준비가 되었다고 종종 말하고는 했다. 하지만 그 말이 얼마나 멍청한 소리였던지……. 미리 준비할 수 있는 마음이란 건 없다.

수백 번은 햇님이와 헤어지는 순간을 시뮬레이션해 봤던 것 같다. 슬프겠지, 힘들겠지. 미리 슬퍼도 해 보고 미리 힘들어도 해 봤는데, 막상 떠나고 난 뒤 하나도 소용이 없었다.

반려동물들을 보내고 바로 새 반려동물을 맞이하는 이들의 용기가 대단하다고 생각했었다. 그런데 막상 내가 아이를 보내고 나니 그 마음이 어떤 건지 절절히 이해가 간다. 그 온기와 무게감이 없는 순간을 견딜 수가 없어 당장이라도 밖에 나가 거리의 아무 개라도 훔쳐 오고 싶은 충동이 느껴졌다. 길을 걷다가 상점가에 놓인 햇님이만 한 인형을 보고 저거라도 사서 안고 있어야 할 것만 같았다.

인터넷에서 그런 사진을 본 적이 있다. 새끼를 잃은 고릴라가 새끼만 한 천 뭉치를 내내 안고 다녔다던가, 새끼를 잃은 펭귄이 새끼만 한 돌을 내내 끼고 있었다던가. 나는 햇님이를 보내고 그 체취와 온도와 무게감이 그리워 뭐라도 껴안고 있으려고 했다.

햇님이는 내가 힘들고 외로웠던 순간에 언제나 내 곁에 있었다. 어두운 자취방에서 우리는 한 이불을 덮고 추위를 보냈고, 땀이 나더라도 함께 붙어서 더위를 견뎠다. 십칠 년의 세월을 어떻게 말로 다 할 수가 있을까. 그저, 햇님이를 보내고 내 인생의 어떠한 막이 끝났다는 기분이 든다.

이곳의 아름답고 평화로운 자연을 볼 때, 그런 자연에서 마음껏 뛰어노는 동물들을 볼 때 늘 햇님이가 조금만 더 건강할 때 왔더라면. 하고 매번 아쉬워했다. 다리가 튼튼할 때 와서 드넓은 풀밭을 뛰어다닐 수 있고, 눈이 보일 때 와서 내가 보는 이 아름다운 풍경을 함께 볼 수 있다면. 얼마나 좋을까 생각했다.

못 걷고 못 봐도 그래도 햇님이는 좋았을까. 네덜란드에서 보낸 반년간의 시간이 햇님이에겐 어떤 의미였을까. 나와 보낸 십칠 년의 세월이 아이에게 어떤 기억이었을까. 물어보고 싶은 것이 많다. 진부한 얘기지만 왜 이렇게 못해 준 것과 잘못한 일들만 생각이 날까. 주워 담고 싶은 말들, 돌아가고 싶은 순간들만 먼지처럼 쌓인다.

나의 가장 친한 친구, 나의 첫아이. 아니, 어느 때는 2kg짜리 작은 짐 승이 나를 보호하고 있다는 느낌이 들기도 했다. 그래, 내가 햇님이를 보호한다고 생각했지만 지금 와서 생각하니 많은 순간 무너지지 않도록 햇님이가 나를 보호했다.

햇님이를 보내고 동반자와 나는 어느 때보다 힘든 겨울을 보냈다. 햇님이가 떠난 작은 집에서 우리는 마치 커다란 관 속에 갇혀 살아가는 느낌이었다. 하지만 우린 서로를 많이 안아주고, 서로의 이야기에 좀 더 귀를 기울였다. 가능한 산책을 많이 하려 하고, 웃긴 영화나 예능 프로를 자주 보았다. 그사이 빈틈이 생기면 어김없이 사라진 온기와 무게감이 떠올라, 태어나 처음 울어 본 사람들처럼 처음부터 다시 울고 다시 슬퍼했다.

햇님이 냄새가 밴 집과 담요를 버리지 못하고 있다. 하지만 얼마 지났다고 그사이에 냄새가 옅어져서 속상하다. 기억도 냄새처럼 금방 옅어질까 봐 겁이 난다.

하나만 바라는 것이 있다면, 이렇게 추운 겨울 말고, 봄에 가지. 따뜻한 볕 들고 새가 울고 초록이 나는 봄에 가지.

봄이 오면 가지…….

봄인가 하면

어느새 반년하고도 한 달이 더 흘렀다.

많은 일과 많은 감정이 흘렀던 시간이라 꼭 이삼 년은 지난 것 같다. 삼개월 되던 때도 이런 말을 한 것 같은데……. 아무튼, 같은 동네에 살고 있는 한국인 부부는 시간이 훌쩍훌쩍 가서 고민이라고. 나에겐 춥고 길었던 네덜란드 겨울도, 그분들은 따뜻하고 짧게만 느껴졌다고 한다. 같은 환경에서 비슷한 경험을 해도 얼마나 다른 기억으로 남는 것인지.

네덜란드에서의 경험과 감상을 가감 없이 기록하고 싶은데 자꾸만 자체 검열하게 된다. 가족이 보고 괜한 걱정할 지도 모른다는 생각이 앞서기도 하고, 무엇보다 외국 생활을 해보니 좋은 점과 나쁜 점의 경계가 불분명해서 직접 겪지 않고는 설명하기 힘든 부분이 많다.

예를 들어 여기서 느끼는 외로움이나 공허함이 단점이기도 하지만 또

장점이기도 하다. 이런저런 관계에서 한 걸음 떨어져서 마음이 쉴 수 있고, 심심한 와중에 비로소 뇌가 쉬고 있다는 기분이 들기 때문.

제일 검열하게 되는 건 햇님이 이야기. 검열이라기보다 미안함이 너무 커서 떠올리기만 해도 죄스럽다. 아빠가 가고 십 년이 흘렀지만 아직도 반복해서 꾸는 꿈이 있다. 사실 아빠가 신약 개발 실험자로 선정되어 그동안 몰래 치료를 받고 있었던 것. 가족에게도 살아있다고 얘기하지 않는 게 치료의 규칙이었고, 결국은 무사히 완치해서 돌아오는 꿈이다. 아빠가 돌아오는 마지막 장면에 내가 늘 같은 대사를 한다.

"에이, 아빠. 죽은 줄 알고 놀랐잖아요.".

어제는 아빠 꿈이 햇님이로 바뀌어서 내가 여행가 있는 동안 사실은 햇님이가 다른 집에 맡겨졌었고 나를 놀라게 해주려고 숨어 있다가 뛰어나오는 꿈을 꿨다. 그리고 아빠 꿈처럼 같은 대사를 한다.

"에이, 햇님아. 죽은 줄 알고 놀랐잖아."

얼마 전 동네 친구가 반나절 강아지를 맡겼는데 오랜만에 강아지와 산책을 하러간 나와 동반자는 함박 미소를 지었다. 그리고 그 아이가 햇님이가 자주 하던 행동을 똑같이 해서 순간 마음이 무너졌고…….

빨리 정착해서 개를 키우고 싶다. 아이를 보내고 나면 키우기 싫어진다고 하던데 나는 왜 이렇게 금세 키우고 싶을까 생각하니, 아마 햇님이에 대한 속죄를 다른 아이에게 대신하고 싶어서인 것 같다.

햇님이가 떠나고 코딱지만 한 집이 왜 그렇게 허전해 보이던지. 나는 햇님이의 집과 밥그릇과 옷과 담요, 흔적이 있는 공간에 있기가 힘들어

이런저런 이유를 붙여 밖으로 나다녔다.

그렇게 정처 없이 떠다니다 돌아오니 그사이 네덜란드에도 봄이 와 있었다. 무채색 거리에 연둣빛이 돌아나 있고 성질 급한 꽃들은 벌써 몽우리를 터뜨리기도 했다

겨우내 못 쬔 햇볕이 나던 날, 더치인들은 너 나 할 것 없이 야외 테라스와 공원에 나와 광합성을 즐겼다. 네덜란드에 오기 전에는 유럽인들이 햇볕이 나면 남녀노소 웃통을 벗고 드러눕는 것을 보고 참 신기했는데, 기나긴 유럽의 겨울을 보내고 나니 십분 이해가 되었다. 사실 나도 조금만 용기가 있었다면 두꺼운 옷을 훌훌 벗고 쨍쨍한 볕에 소독하고 싶었으니······.

그렇게 '아, 이제 봄이 왔나 보다.' 하고 마음을 놓았지만 금세 다시 비바람이 몰아치고 으슬으슬한 추위가 돌아왔다. 잠시 잠깐 맛본 봄 기운에 취해 언제 다시 따뜻해지나 재촉할수록, 일주일 내내 비가 퍼붓고 흐리고 추운 날씨가 이어져 다시 겨울로 돌아간 것 같았다. 네덜란드 날씨에 대한 악명은 익히 들었지만, 운이 좋았던 건지 지난 6개월간 비교적 쾌청한 날들이 이어져 이만하면 훌륭하다고 생각했었다. (실제로 내가 있었던 시기가 네덜란드 평균 날씨답지 않게 비가 적고 맑은 날들이 지속되었다고 한다.)

반년 만에 드디어 네덜란드다운 변덕스러운 날씨를 맛보게 되다니. 변덕스럽기로 유명한 네덜란드 날씨에서도 유독 변덕스럽던 3월. 봄이 왔나 하면 다시 겨울. 마치 보채지 말고 기다리라며 타박하는 듯했다.

봄을 볼모로 밀고 당기기 끝에, 3월이 다 지나서야 늘어져 있던 겨울

의 그늘을 털어냈다. 그리고 드디어 오지 않을 것 같던 봄이 왔다. 화창한 햇살과 선명한 초록과 눈부신 하늘. 보고 있어도 이게 실제인지 꿈인지 분간이 가지 않을 정도로 아름다운 풍경이 돌아온 것이다. 이런 날씨에 투정 부리는 소리를 하는 건 반칙. 아니, 봄에는 자체적으로 약속해야 한다. 그 어떤 부정적인 감정도 티를 내어선 안 된다고. 이런 빛과 온도와 하늘에도 외롭거나 서럽다면 겨울의 내가 달려와 복에 겨운 소리 말라고 뒤통수를 날려 줄 테다.

주말 동네 시장에 갔더니 짙어진 봄기운에 시장 상인들도 활기에 차 있다. 겨우내 파리하게 늘어져 있던 채소와 과일들도 반짝 생기가 돌고 한층 탐스러워졌다. 뭘 먹으면 봄을 제대로 느낄까, 둘러보다 포도가 먹음직스럽기에 두어 송이를 사 왔다. 포도를 깨끗하게 씻어 입안에 굴리며 창으로 들어오는 봄 햇살을 만끽했다.

끝날 것 같지 않았던 기나긴 겨울도, 결국은 가는구나. 수십 년을 반복한 일인데 계절을 넘을 때마다 매번 새삼스레 깨닫는 것도 신기한 일이다. 그렇게 지난 계절의 마디를 매만지다 문득 예전에 햇님이가 포도를 먹고 큰 탈이 난 적이 있어 우리 집에서 포도는 금기였던 게 떠올랐다.

"네가 가서 포도도 마음대로 사 먹는구나."
"포도 따위 평생 안 먹어도 되니 다시 만나면 좋겠다."
동반자와 그런 대화를 하다 다시 훌쩍였다. 산뜻한 봄기운을 만끽하다가도 햇님이를 떠올리면 금세 축축한 겨울로 돌아간다.
하루에도 몇 번씩 너의 흔적을 발견하고 훌쩍이다 보면, 언젠가 세월이 홀쩍 홀쩍 지나 다시 봄 햇살 같던 너를 만날 날이 올까. 오지 않을 것 같은 봄도 왔듯이 우리가 다시 만날 날도 오기는 올까. 답 없는 질문을 허공에 툭툭 던지자 포도알 하나 들어 올릴 수 없을 만큼 어깨가 무거워진다.

그래, 봄이다. 외로워서도 서러워서도 안 되는 봄이다. 그 어떤 부정적인 감정도 티를 내어서는 안 되는 찬란한 봄이니까. 죽음이니 삶이니 그런 무거운 얘기 대신 농담 같은 약속이나 해본다. 다시 만날 날이 온다면 너랑 나랑 배앓이 걱정 없이 포도나 맘껏 먹자고.

꽃이어도 꽃이 아니어도

계절이 바뀌는 동안 새삼 인간이 노력으로 바꿀 수 있는 것은 한계가 있다는 생각을 많이 했더랬다. 인간은 그저 자연의 일부이자, 범접할 수 없는 우주의 힘에 따라 휘청대는 미물일 뿐이라고. 한계를 극복하는 정신력이니 뭐니 하지만 결국 의지로 바꿀 수 있는 것은 한정적이다. 오기 전 뭐든 해낼 수 있다고 떵떵거리다 이렇게 한없이 쪼그라들어 내 미천함에 대해 고백성사를 하게 된 이유는 겨우내 해를 못 보는 동안 파리하게 시들었다, 햇살이 넘치는 봄이 오니 언제 그랬냐는 듯 몸도 마음도 활짝 피어났기 때문. 몸소 자연의 위대함을 체험하고 나니 절로 겸손해질 수밖에 없었다.

아무튼 봄을 알리는 신호 중 내 마음을 팔랑팔랑 가장 들뜨게 한 것은 뭐니 뭐니 해도 '꽃'. 그렇다. 꽃의 나라, 튤립의 나라. 그야말로 지천에 꽃이 만발하는 눈부신 꽃의 계절이 시작된 것이다.

  내게 네덜란드를 떠올리는 단어를 꼽으라면 집안이 훤히 보이는 큰 창의 예쁜 집과 눈높이를 맞춰 흐르는 운하, 그리고 어디서든 존재감을 뽐내고 있는 '꽃'을 말하겠다. 자타공인 세계 최대 화훼 강국인 만큼 이곳에서는 어디서든 꽃을 쉽게, 그리고 많이, 무엇보다 아름답게 볼 수 있다. 골목마다 꽃집이 있고, 장이 열리면 꽃집이 차지하는 범위가 식료품점만큼 넓으며, 지하철역이나 마트에도 꽃을 파는 섹션이 빠지지 않고 자리 잡고 있다. 아마 감자튀김 가게만큼이나 꽃집을 쉽게 찾을 수 있지 않을까. 그 때문에 꽃을 즐기는 일이 일상화되어 출퇴근길에 꽃을 한 아름 안고 하루를 시작하거나, 꽃과 함께 하루를 마감하는 더치인들을 흔히 볼 수 있다.

  꽃을 사기도 많이 사지만, 많이 키우기도 해 주택가 앞마당에는 주인의 취향에 맞게 다양한 꽃들이 만발해 있다. 평범한 가정에서 일반인이 가꾼 수준일까 싶을 정도로 갖가지 꽃으로 단장된 마당을 구경하다 보면, 어느새 집주인이 나와 뿌듯한 얼굴로 마당에 핀 꽃들을 자랑하고는 한다. 꽃을 집 안팎에 늘 가까이 두고 정성을 들여 가꾸며, 꽃을 가꾼 솜씨를 보고 집주인의 성향과 성실도까지 판단한다고 하니, 더치인들의 꽃에 대한 사랑과 자부심을 짐작하고도 남는다.
  나는 뛰어나기로 유명한 더치인들의 디자인 감각이 꽃을 가꾸면서 길러진 것이 아닐까 추측한다. 그만큼 더치인들이 꽃을 다루는 미감은 뛰어나다. 서로 다른 종의 꽃들을 심플하면서도 세련되게 꾸민 그 색감과 조형미는 원예 문외한이 보기에도 매번 감탄사가 터져 나오게 한다. 비슷한 환경의 타 유럽 국가와 비교해도 네덜란드 거리와 일상에서 마주하는 꽃은 탁월하게 아름답고 조화롭다.

한국에 있을 때는 특별한 날을 기념하기 위한 선물로 꽃을 사고는 했다. 그런 일도 일 년에 두어 번 있을까 말까. 꽃 값이 비싸기도 하고, 꽃집에 들어가서 오로지 관상을 위한 꽃을 사는 것에 심리적인 거리감이 있었기 때문. 하지만 네덜란드에서는 꽃을 사는 일이 특별한 이벤트가 아닌, 평범한 일상의 한 부분처럼 여겨졌다. 마트에 장을 보러 갔다 잔돈이 남은 김에 꽃도 한 단 사고, 외출했다 들어오는 지하철역에서 세일하는 꽃을 사 오기도 한다. 그렇게 이곳에서 꽃은 마치 치약이나 휴지와 같이 생필품의 개념처럼 느껴진다.

꽃과 거리가 가까워진 덕에 나도 꽃을 자주 사게 되었다. 내가 제일 좋아하는 노란 튤립 기준으로 한 단에 2~3유로면 구매할 수 있어 부담 없이 꽃을 즐길 수 있었는데, 우울감이 절정이었던 지난겨울 어느 날. 노란 튤립 한 단을 집안에 두었더니 그 어떤 비타민보다도 기분이 경쾌해졌다. 그렇게 이곳에 와서 꽃이 일상에 주는 리듬감을 알게 되었고, 주말 장이 서는 날이면 계란과 치즈를 사기 전에 오늘은 무슨 꽃이 나왔나 둘러보는 게 습관이 되었다.

이른 봄, 체감 날씨는 추워도 거리에 때 이르게 핀 꽃들을 보며 봄이 코앞이라고, 조금만 더 힘내라고 응원을 받는 기분이었다. 그렇게 꽃의 응원을 받으며 기다리고 기다리던 봄의 성전에 입성하자, 드디어 지천에 꽃이 만발했다. 그리고 결승점에 다다라 축하 헹가래를 받듯 연달아 꽃 축제가 열렸다.

마침 꽃 축제 기간에 한국에서 조카가 놀러 왔다. 그 덕에 네덜란드에서 제일 유명한 튤립 축제 쾨켄호프 <Keukenhof> 로 봄나들이를 떠났다. 아침 일찍 나선다고 나섰는데도 스히폴 공항 앞, 쾨켄호프로 가는 셔틀버스 정류장에는 줄이 길게 늘어서 있었다. 조카가 아니었다면 사람 많은 곳, 게다가 오랜 시간 줄 서기도 질색인 내가 쾨켄호프에 갈 일이 있었을까 싶지만, 결론적으로 튤립 축제는 줄을 서고 힘들게 가더라도 한 번쯤은 꼭 방문해보라고 추천할 만큼 만족했다.

평생 이만큼 많은 꽃을 한자리에서 볼 수 있을까 싶을 정도로 엄청난 양의 튤립들과 색깔과 형태 종으로 구분되어 개성 있게 꾸며진 튤립 밭, 그리고 튤립의 종류와 비등할 정도로 다양한 국적의 관광객들이 한데 어울린, 그야말로 '축제'였다. 노랑, 빨강, 보라. 무엇이 꽃인지 헷갈릴 정도로 한껏 멋을 부린 관광객들은, 튤립 키에 맞춰 흙바닥에 드러눕는 것도 마다하지 않고 기념사진을 남겼다. 연인, 친구, 가족, 동양인, 서양인 할 것 없이 그야말로 꽃 속에 파묻혀 모두의 얼굴이 꽃같이 환했다.

줄 서기에 지쳤던 나도 어느새 상기된 얼굴로 조카와 튤립 사이를 거닐었다. 어린이에서 청소년으로 넘어갈 즈음인 조카는 호수의 오리를 보고 뛰어놀 때는 영락없는 꼬맹이다가도, 구름 한 점 없는 하늘을 보거나 저 먼 지평선을 바라보며 상념에 빠져들 때는 금방이라도 손이 닿지 않는 세계로 떠나가 버릴 것만 같았다. 노란 튤립처럼 마냥 귀엽고 발랄하기만 한 아이의 모습과 보라색 튤립처럼 비밀스러운 세계를 만들어가는 청소년의 모습. 그 사이에 있는 조카를 보며 나는 아쉬움과 기대감이 섞인 묘한 마음이 들었다.

안전한 밭에 뿌리 내린 튤립 봉오리처럼 언제까지나 아무것도 모르는 아이로만 남았으면 하는 마음과 자신만의 색과 향기로 존재감을 드러내는 만개한 꽃처럼 얼른 저 넓은 세상으로 활짝 피어나기를 바라는 두 마음이 함께한 것이다.

그렇게 꽃밭을 거닐며 나는 이 계절이 지나면 사라지고 말 찰나의 아름다움과 견주며 조카의 표정을 가만히 살폈다. 이 작은 아이의 오늘과 내일이 제철을 맞아 빛나는 꽃처럼 싱그럽기를, 아니 꽃이 아니어도 줄기나 잎이어도 아니 나무여도 땅이어도 하늘이어도, 그 무엇이어도 좋으니. 그저 건강하기만을 기도하며 말이다.

조카와의 여행은 계절을 잘 만난 덕에 시작과 끝 내내 꽃과 함께했다. 그리고 여행을 끝내고 일상으로 돌아온 주말, 나는 주말 장에 가서 노란 튤립을 한 단 샀다. 노란빛이 집에 들어서니 구석에 한 줌 남아있던 그늘마저 환해진 기분이었다. 커피를 내리며 튤립을 바라보다 가슴이 두근거리기 시작했다. 이제 이 말갛고 환해진 마음으로 네덜란드의 눈부신 계절을 즐길 날만 남았구나 싶어서.

신발 끈을 묶고, 암스테르담

　암스테르담 <Amsterdam> 에 가는 날은 괜스레 마음이 바빠진다. 아른헴에서 기차로 한 시간이면 도착하는 가까운 거리지만 왠지 멀리 여행을 떠나는 기분이 든다. 특히 에너지 넘치는 대도시에 간다는 설렘에 제일 좋은 옷으로 골라 입고, 아껴둔 새 운동화를 꺼내 신으며 멋을 잔뜩 부린다. 정작 도착하면 거센 바람과 종일 걸어 다녀야 하는 일정 탓에 꽃단장하고 나온 걸 후회하게 되지만…….

　아무튼 암스테르담은 말만 들어도 마음을 들뜨게 하는 무언가가 있다. 일상이 되어 뭘 봐도 더이상 새롭거나 자극이 되지 않다가도 그곳에 가면 느슨하게 풀어졌던 눈빛이 관광객의 시선으로 바뀌며 반짝반짝 빛난다.

　삐뚤빼뚤한 집들과 크고 작은 운하 때문에 암스테르담 풍경은 유럽 어느 도시에 비해서도 개성 있고 이국적이다. 처음 도착했을 때는 꼭 판타지 영화 속에 들어선 느낌이었다. 서로 어깨를 맞대고 무너지지 않고 버티는 건물들은 살아 숨 쉬는 것 같았고, 커다란 자전거를 몰고 가는 장신의 더치인들은 거인의 나라 사람들 같았다. 또 관광객을 태운 크루즈와 오리 떼가 부딪히지 않고 제 갈 길을 찾아 운하 위를 유유자적 흘러가는 모습은, 보이지 않는 손이 물길을 조종하고 있는 듯했다. 작고 크고, 삐뚤고 곧은, 오래되고 새로우며, 점잖으며 장난기 넘치는. 그렇게 온갖 기묘한 매력이 뒤섞인 거리를 걷다 보면 발바닥이 지면에서 오센티미터 정도 뜬 것처럼 마음이 붕 뜬다.

암스테르담을 즐기는 법 중 가장 좋아하는 일은 단연 뮤지엄 순례. 정말 다양한 뮤지엄들이 있는데, 그중 푸른 잔디밭을 끼고 반 고흐 뮤지엄 <Van Gogh Museum>, 국립 미술관 <Rijksmuseum>, 암스테르담 시립 미술관 <Stedelijk Museum Amsterdam>, 현대 미술관 <MOCO Museum> 이 모여 있는 뮤지엄 광장이 <Museumplein> 가장 유명하다. 이 네 개의 미술관만 보아도 하루가 부족할 정도로 그 규모와 볼거리가 풍성하다.

이 중에서 제일 좋아하는 곳은 시립 미술관. 현재 왕성하게 활동하는 네덜란드 아티스트들의 작품뿐만이 아니라, 시즌마다 전 세계 현대미술 경향을 한눈에 살펴볼 수 있는 기획 전시가 자주 열려 주기적으로 찾았었다. 또 미술관 부속 서점과 기념품 숍의 퀄리티도 훌륭해, 뻔하지 않고 만듦새가 좋은 기념품을 사기에도 좋다.

이 외에도 뮤지엄 카드를 사용해 무료로 갈 수 있는 곳이 많아, 관심 있는 분야의 전시를 찾아 구석구석 숨어 있는 갤러리를 탐험하는 기분으로 다니고는 했다.

뮤지엄 순례 다음으로 좋아하는 일은 골목골목을 걸으며 카페 탐방하기. 네덜란드는 전반적으로 커피 맛이 훌륭한데, 특히 암스테르담에는 맛있는 커피를 즐길 수 있는 카페가 많다. 인기를 끄는 카페에 가면 요즘 유행하는 인테리어, 패션, 음식, 음악이 무엇인지를 체감할 수 있다.

추천하는 카페는 Lot sixty one. 풍미 가득한 진하고 고소한 커피를 마실 수 있고, 직접 로스팅 해 도처에 납품하기 때문에 믿을 수 있는 품질의 원두를 사거나 선물하기에도 좋다. 트램을 타고 가다 현지인들이 줄을 서 있는 모습을 보고, 저기는 진짜 맛집이구나 싶어 목적지가 아닌데도 불구하고 내렸었다. 그만큼 Lot sixty one 은 현지인들에게 인기 만점인 카페라 자전거나 유모차를 끌고 가게 주변에 서서 커피를 마시는 더치 멋쟁이들을 구경하는 재미도 쏠쏠하다.

또 음악 애호가들을 위한 완벽한 공간이자 카페인 Concerto 도 추천한다. 1955년에 오픈한 이 오래된 음반 매장에 들어서면 세월이 주는 묵직한 멋을 느낄 수 있다. 백발의 할아버지가 고심해서 LP 를 고르고, 머리부터 발끝까지 최신 유행 아이템을 장착한 힙스터가 CD 를 구경하는 모습을 한 컷에 볼 수 있다. 음악과 예술을 사랑하는, 거기에다 커피 애호가라면 고민할 여지 없이 Concerto 에 방문해야만 한다.

관광지보다 현지인들에게 인기 있는 장소를 찾고 싶다면 De-Hallen 을 추천한다. 과거 트램 차고지였던 장소가 복합 문화 공간으로 탈바꿈한 곳으로 개성 있는 숍과 푸드 코트, 영화관, 도서관, 북 카페가 한 장소에 모여 있다. 특히 푸드 코트에는 자유로운 분위기에서 다국적 요리들을 비교적 합리적인 가격에 맛볼 수 있어 늘 사람들로 붐빈다.

암스테르담 시내 구경으로 충분하지 않다면, 한 달에 한 번 열리는 빈티지 마켓 IJ-Hallen 에 가 보는 것도 권한다. 중앙역 후문 선착장에서 페리를 타고 갈 수 있는데, 무료인 데다가 암스테르담의 또 다른 면을 볼 수 있어 좋다. IJ-Hallen 은 유럽 최대라고 자랑하는 만큼 규모가 어마어마하다. 4유로의 입장료가 있지만 빈티지 마니아라면 아깝지 않을 만큼 볼거리, 살거리가 넘친다. 외부와 실내로 나누어져 있고 동절기에는 실내에서만 열린다. 하지만 실내를 구경하는 데만 3~4시간은 소요되므로 오픈 시간에 맞춰 일찍 출발하기를. 관광객들은 독특하고 의미 있는 기념품을 사기 위해, 현지인이나 주머니 사정이 가벼운 유학생들은 저렴한 가격에 가구와 생활용품을 구하러 가기도 한다.

암스테르담에서의 시간은 유독 빠르게 흐르는 것 같다. 하나라도 더 보고 즐기고 싶어, 며칠 전부터 전시 목록을 체크하고, 새로 생긴 숍이나 카페 위치를 파악해 최적의 동선을 짜둔다. 늘 최대한 많이 구경하고 싶어 잔뜩 기합을 넣고 출발하지만, 상기된 얼굴의 관광객들에게 휩쓸려 여기저기 종종거리며 다니다 보면 하루가 훌쩍 지난다. 그래서인지 암스테르담에 갔다 돌아오는 기차 안에서는 거의 기절 상태가 된다. 아른험에서는 볼 수 없는 어마어마한 인파와 화려한 볼거리에 완전히 진이 빠지고 마는 것이다.

자유와 방종 사이에서 사다리 타기 하듯 아슬아슬한, 시끄럽고 제멋대로인 듯하면서도 자연 친화적이고 평화로운. 낡은 것과 새 것, 촌스러움과 세련됨, 불쾌함과 유머러스. 그 어디 즈음에 걸쳐진 도시. 그렇게 암스테르담은 하나로 정의할 수 없는 다채로운 매력을 가지고 있다.

174

관광 도시가 뿜어내는 용광로 같은 에너지에 완전히 소진되고 나면 '아이고, 힘드네. 두 번은 못 하겠네.' 하며 앓는 소리가 절로 나오기 마련. 하지만 돌아서면 까먹고 다시 '뭐, 재밌는 거 없나.' 뒤적거리며 암스테르담에 놀러 갈 궁리를 하게 된다. 다음에 갈 때는 비바람을 막을 수 있는 활동적인 옷과 아무리 걸어도 발이 아프지 않은 편한 신발을 신고 가겠노라 다짐하면서.

가장 자연스러운

내가 떠나올 즈음 한국 사회에서 가장 격렬한 논쟁은 바로 '젠더 이슈'
였다. 미투 운동을 필두로 사회 전반의 성차별과 그로 인한 각종 여성 혐
오 범죄들이 하루가 멀다 하고 미디어를 달궜다. 물론 '젠더 이슈'는 한
국뿐만이 아니라 전 세계의 뜨거운 감자이기도 하다.

나 또한 현재를 살아가는 여성인지라 페미니즘을 지지하고 지대한 관
심을 가지고 있다. 하지만 아직은 배워 나가는 과정이라 어떠한 부분은
절절히 동감하고, 어떠한 부분에서는 나도 편협한 면이 많구나 하고 스
스로 놀라기도 한다.

네덜란드에 도착해 기억에 남았던 몇 가지 장면이 있다. 그 인상적인
장면들로 하루를 구성해보면 이렇다.

일어나 아침 식사로 시리얼을 타 먹기 위해 식탁에 앉았다. 무료해서 괜히 시리얼 박스 뒷면 광고를 보는데, 등산복을 입은 여성이 암벽 등반을 하는 역동적인 모습이 실려 있다. 뭔가 어색하다고 생각하던 차, 시청 예약 시간이 되어 외출 준비를 하고 밖으로 나왔다.

시청 로비에 앉아서 순서를 기다리는 동안 텔레비전에 생활 정보 프로그램이 나오고 있었다. 요가 프로였는데 오십 대쯤 되어 보이는 은발의 여인이 면티에 무릎이 늘어난 추리닝을 입고 요가를 가르쳐 주고 있었다. 넋을 놓고 보다가 차례가 되어 일어났다. 데스크 앞에는 동양계 여직원이 바쁘게 통화를 하고 있었고, 나는 그녀에게 필요한 서류를 발급받았다.

볼일을 끝낸 후 집으로 가기에는 이른 시간이라 쇼핑가를 구경하기로 했다. 한 여성복 매장 쇼윈도에 걸린 원피스가 마음에 들어 살펴보고 있는데, 특이한 점을 발견했다. 날씬한 마네킹만 있는 게 아니라, 넉넉한 체형의 마네킹과 또 임부복 매장도 아닌데 임산부 형태의 마네킹까지 나란히 서 있었다. 같은 원피스가 기본형 마네킹, 빅 사이즈, 임산부 이렇게 세 가지 형태로 전시되어 있는 것이다. 신기하다고 생각하며 돌아서서는 선크림을 사려고 화장품 매장에 들어갔다. 그런데 화장품 광고 사진에 중년 여성 모델의 얼굴이 실려 있다. 게다가 살펴보니 주름이나 검버섯 등을 인위적으로 지우는 보정 작업을 거의 하지 않았다.

쇼핑을 마치고 쉬었다 갈까 싶어 카페에 들러 커피를 시켰다. 힙스터 무리 사이에 유모차를 끌고 온 엄마들이 해가 잘 드는 자리에 앉아 느긋하게 티타임을 즐기고 있다. 아이들이 조잘거리며 카페 안에서 뛰어다녀도 누구 하나 눈치 주는 이가 없다.

집으로 돌아오는 길, 보육원 앞을 지나치는데 익숙한 얼굴을 만났다. 시청에서 서류작업을 도와주었던 그 직원이다. 그녀는 퇴근 시간에 맞춰 두 명의 자녀들을 픽업해 자전거에 태웠다. 자전거에 오른 아이들은 엄마에게 오늘 있었던 일들을 조잘조잘 이야기하고, 일을 마치고 온 직원도 지친 기색 없이 아이들의 수다에 미소로 답한다.

그렇게 일과를 끝내고 집으로 돌아와, 나는 내내 무언가 다르다는 느낌을 받았는데……. 그게 뭘까를 생각했다.

한국이라면 시리얼 뒷면에 아마도 이 시리얼을 먹고 날씬한 몸매를 가지게 된 모델이 몸매가 드러나는 미니 드레스를 입고 다이어트를 권유하는 사진이 있었을 것이다. 또한 요가 프로에는 젊고 아름다운 여성이 딱 달라붙는 요가복을 입고 운동을 하며, 종종 관음하는 시선의 카메라가 그녀의 몸을 훑고 있는 장면도 떠오른다.

여성복 매장에는 44, 55 사이즈의 마네킹만이 서 있었을 것이며, 그 외 사이즈의 여성들은 마음에 드는 옷이 있어도 사이즈가 없어 구매하지 못할 확률이 높지 않을까. 화장품 광고 사진에는 중년 여성 모델을 애초에 찾아보기가 힘들었을 테고, 혹 있다고 하더라도 중년임에도 불구하고 주름 하나 없는 맨드리한 피부로 보정된 사진이 걸려 있었을 터.

간신히 여유시간이 나 커피 한잔하려고 했던 아이 엄마는 카페 문 앞에 붙은 노키즈 존 표시 앞에서 당황한 얼굴로 서 있지 않을까. 평온한 얼굴로 퇴근하는 워킹맘 대신 친정 엄마에게 아이를 맡기고 늦게까지 야근을 하느라 죄책감에 괴로워하는 여성들의 모습이 연상된다.

'성적 대상화', '탈코르셋', '여성과 아이 혐오' 같은 추상적이었던 개념들을 일상생활에서 바로 적용해 그 차이를 체감하고 나니, 눈이 번쩍 뜨이는 느낌이었다.

네덜란드는 1872년 세계 최초로 '페미니즘'이라는 개념을 제정하였다. 그만큼 네덜란드의 성 평등 의식은 보편화되어 있으며 여성의 사회, 정치, 노동 참여 비율이 높다. 네덜란드의 성 평등이 이념에서 머무르지 않고 실현 가능한 상황이 될 수 있도록 뒷받침한 데에는 '유연한 근로시간제'가 큰 역할을 했다고 한다. 근로시간이 유연하다는 것은 말 그대로 일할 시간을 노동자의 상황에 맞게 자유롭게 선택한다는 뜻이다.

여성이 환경에 굴복하지 않고 제 목소리를 낼 수 있게 하는 제 일의 조건은 바로 스스로 일해 경제권을 가지는 것이 아닐까. 하지만 여성의 노동은 출산과 육아로 인해 발목 잡히는 경우가 많다. 대부분의 여성이 육아와 동시에 경력이 단절되어 사회적으로 고립되는 우리와 달리, 네덜란드는 아이를 낳고도 일을 하는 여성이 대부분이다. 네덜란드 여성은 아이를 가지면 유급 육아휴직 혹은 근로시간 단축 중 하나를 선택할 수 있다. 육아휴직을 할 경우 나라에서 보조금을 받고, 일을 계속하길 원한다면 상황에 맞게 근로시간을 조절할 수 있다. 당연히 풀타임보다 수입이 적지만, 복지나 혜택에 있어 풀타임 근로자와 동일한 대우를 받는다.

이처럼 아이를 키우면서도 시간제 일자리를 통해 일을 할 수 있어서 자연스레 여성은 사회적으로 고립되지 않고, 경력이 단절되지도 않는다. 그 때문에 출산과 육아에 있어 일방적인 희생이 아닌, 아이와 엄마가 행복하고 나아가 가족과 사회 전체가 행복할 수 있다.

딱딱한 텍스트는 뒤로하고, 내가 일상에서 네덜란드 여성들을 보고 피부로 느낀 점을 한 단어로 표현하라면 바로 '자연스러움'이다. 이곳에서는 군이 남과 여로 구분 지어 목소리를 높일 필요가 없어 보인다. 남과 여로 구분 짓는 것 자체가 부자연스러움이고, 애초에 그렇게 자연스럽지 못한 상황이 일어나지 않게 법과 인식이 뒷받침하고 있다.

네덜란드 여성들은 직설적이고 솔직하며 행복한 척, 강한 척, 아름다운 척 자신을 꾸미는 일이 적다. 여자이기 때문에, 아내이기 때문에, 엄마이기 때문에 마땅히 가져야만 하는 어떠한 태도나 의식에서부터 자유롭다. 그래서인지 내 눈에 비친 그녀들의 모습은 언제나 '자연스러움' 그 자체이다.

네덜란드에서 지내는 동안 출장을 가거나 여행을 가기 위해 비행기를 타는 일이 잦았다. 그때 느낀 점은 스튜어디스들 모습이 우리와 사뭇 다르다는 것이다. 유럽 항공사 스튜어디스들은 젊은 여성뿐만이 아니라, 중년 여성과 남성으로 다양하게 이루어져 있다. 또한 몸을 죄는 타이트한 스커트나 풀메이크업 대신 일하기에 편한 제복과 단정한 얼굴. 모델같이 날씬한 몸매가 아닌 튼튼한 허리와 다리를 가지고 있었다. 더불어 서비스라는 명목하에 이루어지는 일방적인 감정 노동이 아닌, 전문직 종사자로서의 노련미가 느껴졌다. 안전하고 편안한 비행을 위해 필요한 명목을 가진 쪽은 전자일까 후자일까.

무엇이 자연스러운 걸까.

이곳에서 지내며 구름처럼 바람처럼 강물처럼 자연스럽게 살고 싶다는 생각을 많이 했다. 어느 한쪽이 희생하거나 피해자가 되지 않고, 구분

짓거나 명시되지 않고, 있는 그대로 자연스럽게 존재하고 싶다고.

　네덜란드는 세계 최초로 여성과 남성 이외에 제3의 성을 인정한 나라답게 성별을 떠나서 모두가 '있는 그대로 존재' 할 수 있다. 여성이 삭발을 하고 화려한 문신을 하고 다녀도, 남성이 진한 화장을 하고 치마를 입어도. 본인이 원하는 바라면 그것이 가장 자연스러운 그 혹은 그녀의 모습이다. 누군가를 위해 또는 사회적 기준 앞에서 인위적으로 꾸미지 않고 자연스러운 내 모습 그대로 살 수 있다는 게 얼마나 '쿨' 한 일인지를, 이곳에 와서 새삼 깨닫게 되었다.

오늘도 내일도 축제라면

예전에는 더치인들을 상상할 때 거인 같은 덩치 때문인지 왠지 무뚝뚝할 것만 같았다. 혹은 척박한 자연환경을 개척한 국민답게 근면 성실해서 도통 놀 줄 모르고 일만 하지 않을까도. 하지만 웬걸, 이곳에서 지내며 내가 생각했던 더치인의 이미지는 완전히 깨져 버렸다. 결론만 말하자면 더치인들은 잘 놀 줄 아는, 참 흥이 많은 민족이다.

네덜란드에는 정말 많은 축제가 열린다. 네덜란드에 대해 잘 알지 못해도 해당 분야에 관심이 있다면 한 번쯤은 들어봤을 로테르담 영화제, 홀랜드 아트 페스티벌, 쾨켄호프 튤립 축제, 게이 프라이드 등이 대표적인 예이다. 하지만 전 세계적으로 유명한 행사 외에도 지역마다 정체 모를 크고 작은 축제가 거의 매월 열리고 있다.

우리가 사는 아른험에서도 축제가 자주 열렸는데, 기차역이나 시내 골목에는 늘 이달 열리는 축제 홍보 포스터나 깃발이 붙어 있었다. 특히 손스빅 공원에는 월초마다 정기적으로 열리는 플리 마켓 말고도 매 시즌에 맞춰 다양한 축제가 열렸다. 연극제, 영화제, 음악 축제, 캠핑 축제, 꽃 축제, 푸드 축제, 인간 조각 축제, 아른험 전투 기념 축제, 거리 낙서 축제까지. 축제하면 으레 떠오르는 익숙한 테마부터 '뭐라고? 그런 축제도 있었어?' 라고 되물을 만한 독특한 콘셉트의 축제가 번갈아 열렸다.

시내 곳곳에 무료로 비치되는 무가지에는 월마다 열리는 축제에 대해 시기와 장소를 구분하여 안내해 주고는 했다. 처음에는 길가 포스터를 보고 산책 삼아 구경을 갔었는데, 후에는 축제 리스트를 미리 구해 관심 있는 축제에 맞춰 찾아갔다. 하지만 아무리 일정을 주시하고 있어도 축제가 너무 자주 열려 나중에는 그냥 밖이 시끄러우면 '아, 오늘 또 무슨 축제가 열리나 보다.' 하며 무덤덤해졌다.

화려한 무대에서 연예인들의 공연이 펼쳐지고 끝없는 퍼레이드 행렬이 이어지는 성대한 행사도 물론 있지만, 네덜란드에서 축제라고 하면 '그것참, 발상이 귀엽네.' 라고 웃어넘길 만큼 아기자기하고 소박한, 말그대로 '동네잔치' 같은 분위기가 많다.

축제에서 빠지지 않는 것은 중고물품을 파는 플리 마켓, 감자튀김과 아이스크림, 키블링 등을 먹을 수 있는 푸드 트럭과 이동하면서 음악을 들려주는 오르골, 무지개빛 대형 비눗방울, 아이들을 위한 인형극 혹은 조금 어설픈 서커스단, 중세 복장을 하거나 군복을 입은 어르신 악단 등의 요소들로 이루어져 있다.

이 축제나 저 축제나 사실 이런 조합에서 볼거리나 먹거리가 한두 가지 더해지거나 덜 해지는 선인데, 내 눈에는 그 소박한 감성들이 귀여워도 너무 귀엽다. 다들 덩치는 산만 해서 오순도순 축제를 즐기는 모습을 보고 있으면, 꼭 덩치만 크고 하는 짓은 어린애 같은 막냇동생을 보는 느낌이다. 그도 그럴 것이 '이게 뭐가 그렇게 재밌을까.' 싶은 소탈하고 정감 있는 축제를 즐기는 더치인들의 표정은 정말 아이처럼 천진난만하다.

늘 축제를 즐기는 면에서 느낄 수 있듯 더치인들은 참 흥이 많다. 모여서 수다 떠는 것을 좋아해 기차 안은 늘 호탕한 대화 소리가 이어지고, 조금만 해가 나도 다들 공원에 모여 웃고 떠든다. 우리 집 옆이 펍이라서 더 그러했겠지만, 동네에 작은 행사라도 있는 날이면 새벽까지 노랫소리가 끊이지 않았다.

특히 크리스마스, 부활절, 킹스데이와 같이 굵직굵직한 축제가 다가오면 동네는 들뜬 공기로 가득 찬다. 인테리어에 일가견이 있는 더치인들답게 집과 거리는 축제에 맞는 테마로 변신하는데, 네덜란드를 대표하는 축제인 킹스데이에는 오란여 <Oranje> 왕가를 상징하는 색인 오렌지색으로 거리가 물든다. 집을 오렌지색 장식품으로 꾸미는 것뿐만이 아니라, 오렌지색 옷을 입거나 모자나 스카프로 오렌지색 포인트를 주고 한껏 멋을 낸다.

축제 중의 축제인 만큼 킹스데이에는 전야제를 시작으로 이틀간 온 동네가 시끌벅적해진다. 골목마다 무대가 설치되고 음악 소리가 밤낮으로 이어져, 잦은 축제 탓에 흥미가 떨어졌던 나도 기대감으로 한껏 부풀었다. 괜히 오렌지색 아이템을 하나 장만해야 하나 싶어 가게에서 주황색 스카프를 만지작만지작 거리기도.

하지만 정작 고대하던 킹스데이 날이 되자, 갑자기 훅 떨어진 온도와 비바람에 동네를 한 바퀴 돌지도 못하고 추위에 쫓겨 집으로 들어와야만 했다. 비바람에 부리나케 대피한 우리와 달리, 더치인들은 비가 오든 바람이 불든 상관없이 웃고 떠들며 축제를 즐겼더랬다.

네덜란드에 축제가 많은 이유가 궂은 날씨 때문이라는 말을 얼핏 들었다. 비바람이 잦은 날씨에 길고 추운 겨울을 살아내기 위한 생존법으로 기분 전환이 되는 이벤트들을 끊임없이 만들어 낸다는 이야기이다. 또 다른 이유로는 상업의 나라답게 축제를 통해 사람들을 한자리에 모아 소비를 촉진하는 효과를 얻는다고도. 물론 날씨와 경제 논리 모두 타당성이 있겠지만, 개인적인 생각으로는 개방적인 마인드와 밝은 에너지가 넘쳐 늘 가족, 친구, 이웃들과 함께 어울리기 좋아하는 더치인들의 기본 성정 때문이지 않을까.

어제가 오늘 같고 오늘이 내일 같은 밋밋한 날들을 보내다 보면, 매일매일 축제와 같다면 더할 나위 없이 좋겠다 싶다. 하지만 이루어질 리 없는 망상의 끝에는 결국 평범한 일상을 축제로 바꿔 놓는 더치인들처럼 행복해질 만한 요소들을 부지런히 발굴하는 마음으로 살아가야겠다는 생각이 든다. 누가 떠먹여 주지 않는 이상, 인생의 즐거움도 직접 찾아 먹어야지, 그렇지 않으면 회전 초밥집의 맛있는 접시처럼 금방금방 사라져 버리니까 말이다.

남은 시간 동안 나는 몇 번의 크고 작은 축제를 만나게 될까. 아니, 멀리 찾을 것도 없이 이곳에서 지내고 있는 지금 이 시간들이, 내 삶에서 가장 크고 성대한 축제 기간인지도 모르겠다. 그런 생각을 하면 하나라도 더 즐기고 싶은 마음에 조급해진다. 초조함을 애써 달래며 나는 오늘도 미지의 탐사를 앞둔 탐험가처럼, 문을 열어젖히고 즐거움을 찾아 길을 나선다.

두려움이 현실로

해외 생활을 앞두고 가장 두려웠던 점이 무엇이냐 묻는다면, 병원 가기. 어릴 때부터 잔병치레가 많고 저질 체력이었던 탓에 해외에서 병원을 제대로 갈 수 있을까가 굉장히 걱정되었다. 특히 치아가 약해서 주기적으로 치과를 다녔는데, 해외에서는 치과 진료받기가 힘들고 무척 비싸다는 악명을 익히 들었던지라 걱정이 컸다.

그러던 어느 날 두려워하던 일이 일어나고야 말았다. 밥을 먹다가 뭘 잘못 씹었는지 갑자기 이가 깨져버린 것이다. 깨진 치아를 손바닥에 들고 눈앞이 하얘지며 비명을 내질렀다. 간신히 정신을 다잡고 인터넷에 치과 가는 방법에 대해 검색을 했다. 하지만 대부분 응급이 아닌 이상 치과 진료를 받기까지 시간이 오래 걸리고, 비용도 어마어마해서 참고 참

다가 한국에 가서 치료를 받는다는 이야기가 많았다.

설마 하는 마음에 동네 주변 치과에 급히 진료 예약을 잡아 보았는데, 신규 진료일 경우 아예 접수 신청을 받지 않는다는 게 아닌가. 네덜란드는 주치의 제도가 있어 치과 진료를 포함하여 모든 분야의 진료를 받기 전에 홈닥터를 지정한다. 1차로 검진을 받고, 홈닥터의 판단에 따라 상급 병원으로 보내지는 시스템이다. 그래서 대부분 어릴 때부터 주치의가 있고, 병원에서도 이미 맡고 있는 환자군이 정해져 있어 신규 환자를 받지 않기도 한다.

실제로 치과는 우리 동네 경우 신규 접수 자체가 안 되는 곳이 대부분이었다. 찾고 찾아서 겨우 한군데 예약을 잡을 수 있었는데, 무려 한 달 뒤에나 진료를 볼 수 있었다. 한 달 뒤라니! 화면에 뜬 날짜를 보고 아득해졌다.

병원 얘기에 앞서 예약 문화에 대해서 이야기하자면 에피소드가 많다. 병원뿐만이 아니라, 관공서, 미용실, 서비스 센터 등 예약제가 기본이다. 이 예약 문화는 네덜란드뿐만이 아니라 유럽 전반에 걸쳐 보편화된 시스템이라고 알고 있다. 이러한 시스템을 제대로 경험했던 것은 초반에 거주증을 받으러 가거나, 시청에 거주 등록을 하는 등의 관공서 업무였다.

관공서 업무를 보기 위해서는 인터넷으로 날짜와 시간을 예약해야 하는데, 이것도 바로 갈 수 있는 게 아니라 원하는 시간에 가려면 최소 일주일 전에 약속을 잡아야 한다. 그렇게 약속을 잡고 해당 업무를 보러 가면, 약속했던 업무 외의 것은 다시 예약을 잡아야만 처리가 가능하다.

예를 들어서, 거주 등록을 하러 왔는데 온 김에 세금 관련해서 일을 처리한다거나, 아니면 같이 온 동행자의 서류 처리도 함께 부탁하려 하면 한국에서는 얼마든지 가능한 상황이지만, 네덜란드에서는 다시 처음부터 약속을 잡고 와야 하는 경우가 생긴다.

우리가 있는 아른험에서 이민국이 있는 도시까지 기차비만 3~4만 원 정도 드는데, 아침 일찍 기차를 타고 힘겹게 도착하자마자 해당 업무가 아니라고 다시 예약을 잡아야 한다는 이야기를 들으면 그들의 융통성 없음에 절망하게 된다. 또 어렵게 약속을 잡았는데 담당자가 휴가라 약속 자체가 취소되거나, 무한정 딜레이 되는 경우도 있다. 사정이 이렇다 보니 빨리빨리에 익숙한 한국 사람들은 당황하는 경우가 자주 생긴다.

다시 치과 진료로 돌아와서, 어쩔 수 없이 한 달 뒤 예약을 잡아 두고 대안으로 한국행 비행기를 알아보기 시작했다. 예전에 해외에서 병원 가는 비용보다 한국 왕복 비행깃값이 싸다는 이야기를 듣고 과장이 아닌가 했었다. 하지만 내가 막상 병원에 가려고 비행기 표를 검색하고 있으니 씁쓸함이 몰려왔다.

내 치아는 여기저기 문제가 많아 건드리면 일이 커지는 터라, 제대로 치료하자면 대략적인 비용만으로도 1,000유로는 훌쩍 넘을 것 같았다. 마침 비수기라 항공권 비용이 저렴했고 보험도 유지해둔 터라, 한국에 다녀오는 것이 더 싸게 치료받는 상황이었다. 비용도 비용 문제이지만 내 증상을 정확히 설명할 수 있을지, 반대로 치료 과정에 대한 설명을 정확히 이해할 수 있을지가 걱정되었다.

하지만 문득 외국 생활을 결심한 이상 현지 병원에서 치료를 받고 보험을 신청하는 전 과정을 부딪쳐보는 것도 도전이다 싶은 생각이 들었다.

그래서 고민 끝에 여기에서 치료를 받기로 했다.

진료 날까지 통증이 더 심해지지 않기를 바라며 매일 조심조심 한쪽으로만 음식을 씹으며 기다렸다. 덕분에 한쪽 턱 근육만 발달했지만…….
아무튼 시간이 훌쩍 가 어느덧 오지 않을 것 같던 진료 날이 다가왔다.
한국에서도 치과에 가기 전에는 이런저런 걱정으로 잠 못 드는데 말도
안 통하는 외국에서 치과를 가야 한다니. 두려움에 그 전날 치아가 와장
창 다 빠져버리는 무시무시한 악몽을 꿨다.

조금이라도 늦으면 예약이 취소될까 무서워, 서둘러 나서서 일찌감치
치과에 도착했다. 다행히 병원은 집에서 5분 거리였는데 문을 열자마자
걱정했던 것이 무색하게 인상 좋은 의사 선생님이 반갑게 맞아줬다. 그
리고 보험이나 치료 방법, 치료 견적까지 매우 친절하게 안내해 줘서 마
음이 놓였다.

하지만 첫날은 상담과 간단한 체크만 하고, 본 진료를 위해 예약을 다
시 잡아야만 했다. 그런데 그 예약이 특별히 신경 써서 빨리 잡아 주었는
데도 20일 뒤에나 잡혔다.

이틀 뒤가 아닌 20일!!!

한국이었으면 치아가 깨진 당일 병원에 가서 바로 치료를 받을 수도
있었을 텐데, 첫 진료까지 한 달, 본 진료까지 다시 반달 이상을 기다려
야 한다니. 한국의 빠르고 편리한 의료 체계에 익숙한 나는 좀처럼 적응
이 되지 않았다.

실제로 네덜란드에서는 생명에 지장이 있을 정도의 위급 상황이 아니

면, 적극적인 치료나 검진 자체가 어려운 경우가 많다고 한다. 교민들이 우스갯소리로 병원 예약 기다리다 죽는다는 말이 과장이 아니겠다 싶었다. 나처럼 생명에 지장이 없는 경우는 수고스럽지만 기다린다 하더라도, 겉으로는 뚜렷한 증상이 없어도 조기 발견이 중요한 병이라든가, 촌각을 다투는 중병 같은 경우에는 어떻게 되는 걸까 궁금해지기도 해 새삼 외국에서 살아가는 일이 두려워지기도 했다.

물론 이러한 유럽식 의료 체계가 나쁜 점만 있는 것은 아니다. 과잉 진료를 줄이고 신체 면역력을 기반으로 자연치유력을 높여 항생제를 비롯한 각종 약물 오남용을 예방할 수 있다고 한다. 또 치료가 시급하지 않은 환자군보다 치료가 시급한 환자들을 우선 치료할 수 있는 등의 긍정적인 면도 많다고. 그리고 더치 보험에 가입하면 대부분 병원비가 보상된다고 하니, 높은 의료비도 어느 정도는 수긍이 된다.

병원뿐만이 아니라 예약 문화 또한 지내다 보니 적응이 되어 오히려 편리하다고 느껴질 때가 종종 있다. 한국처럼 예약을 하지 않고 가면, 오래 기다리거나 혹 처리가 안 될 수도 있다는 불안감이 있지만, 예약 시스템에 적응이 되면 그러한 불안 요소를 다소 줄일 수 있다. 시간과 용무를 사전에 약속하고 가니 예상치 못하게 버리는 시간과 수고가 없어 합리적이라는 생각도 든다.

결론적으로 치아 치료가 어떻게 되었느냐 하면, 이가 깨진 지 한 달 뒤에 진료 상담을 받고 다시 20일을 기다려 치료를 받았으나 내가 가지고 있는 학생 보험으로는 미처 지원되지 않는 높은 치료비와 오랜 치료 기간 때문에 임시 치료만 받고 결국 한국에 와서 마무리 치료를 했다.

이러나저러나 한국의 의료 체계는 자타공인 세계 제일이라는 걸 절절히 느꼈다. 대한민국 의료보험 제도와 의료진들의 노고에 이 글을 빌려 감사를 전한다.

주파수의 문제

누구는 네덜란드가 동물과 노인, 아이들이 살기 좋은 안정된 복지를 갖춘 이상적인 나라라고 한다. 드넓은 초원과 운하가 어우러진 동화같이 아름다운 환경에서 사는 더치인들은 언제나 미소 띤 얼굴로 친절하며 이방인들에게 열려있는 사람들처럼 보인다.

반대로 혹자는 성매매와 소량의 연성 마약류가 합법화되어 환락가의 불빛과 매캐한 대마초 냄새로 네덜란드를 기억한다. 또, 들으면 비수가 꽂히는 직설 화법의 더치인들을 타락한 나라에 사는 피도 눈물도 없는 냉혈한처럼 표현하기도 한다. 이처럼 네덜란드는 극단적인 양면성을 가진 나라이다.

처음 이곳에 왔을 때 놀랐던 순간이 있다. 동네 놀이터에서 아이들이 자연과 어우러져 뛰어놀고, 노부부가 반려견을 데리고 산책하는 모습을 보며 이곳의 평화로움에 듬뿍 젖어 있을 즈음이었다. 그렇게 동네를 산책하다가 놀이터를 끼고 골목을 돌아 나오는데, 정체를 알 수 없는 가게가 보였다. 바로 'Coffee Shop' 이라고 쓰여 있는 대마초 상점이었다. 커피숍에서는 살짝 들뜨고 몽롱한 얼굴의 사람들이 계단을 오르내리고 있었다. 나는 예고 없이 채널이 바뀐 것처럼 화들짝 놀랐다.

애써 놀란 가슴을 진정시키려 대마초를 파는 커피숍이 아닌 커피만을 파는 카페에 찾아 들어갔다. 유모차를 끌고 나온 젊은 부부가 잠든 아기를 보며 여유를 만끽하고 있고, 곱게 단장하고 마실 나온 할머니들이 티타임을 즐기고 있었다. 조금 전 장면은 어떠한 환각이라 치부하며 따뜻한 차 한 잔과 함께 '아, 역시 평화로운 곳이야.' 라고 안도의 한숨을 내쉬었다. 하지만 한숨 돌린 후, 창밖을 보는데 카페 맞은편 길가에 시선을 두기에도 민망한 성인용품 상점을 발견했다. 그리고 곧 놀이터에서 놀던 꼬마들이 킥보드를 타고, 낯 뜨거운 쇼윈도 앞을 지나갔다. 순간 다 식은 커피가 데일 듯 뜨겁게 느껴졌다.

하루는 내 SNS 속 네덜란드의 평화로운 풍경과 동화 같은 모습을 본 친구가 네덜란드는 대마류가 합법화되어 있어 강력 범죄가 높지 않냐고 말하며 어느 모습이 진짜냐고 물어왔다. 나는 질문을 받고 잠시 생각에 빠졌다. 내가 찍어 올리는 그림같이 평화로운 모습도 네덜란드의 진짜 모습이고 외부인이 보는 개방적인 모습도 네덜란드의 한 부분이기 때문이다. 마치 분명 같은 날이었는데도 맑은 날과 비바람이 몰아치는 날이 섞여 있어, 오늘 날씨가 어땠냐고 물으면 뭐라 표현해야 할지 머뭇거리게 되는 이곳 날씨처럼. 나는 어떻게 설명해야 할지 한참을 머뭇거렸다. 고심 끝에 모든 사람에게 양면성이 있는 것처럼 한 나라나 사회에도 양면성이 존재한다고, 네덜란드는 그 양면성이 특히나 도드라지는 나라인 것 같다고 답했다.

말은 그렇게 하면서도, 나도 이 사회의 어떠한 면모를 보고 옳다 그르다 판단하지 못할 때가 많다. 세계 최초로 동성 결혼을 합법화하고, 안락사를 허용하는 등 자신의 삶에 주체적인 결정권을 가질 수 있는 점은 부러울 정도이다. 하지만 여성 복지에 감탄하다가도 성매매가 합법이라는 것을 되새길 때, 안정화된 공교육에 박수를 보내다가도 마약과 포르노 문화에 대해 듣게 될 때 나는 이 나라의 극난적인 양면성에 주춤하게 된다.

더 깊이 이 사회를 알게 되면 말이 달라질지도 모르겠으나, 뜨내기 이방인의 시선으로 네덜란드의 양면성을 볼 때면 그만큼 열려 있는 사회라고도 느껴진다. 모든 사회 시스템이 '네가 책임질 수 있다면 무엇이든 하게 해 줄게. 그렇지만 그에 대한 결과를 책임지는 것은 그 누구도 아닌, 너야.'라고 말하고 있는 듯하다.

네덜란드의 마약과 성매매 정책은 피하거나 감추지 않고 정면으로 마주하여 예방하는 것에 목적이 있다. 애초에 뿌리 뽑지 못할 것이라면 가능한 '피해를 줄이자.'는 더치식 실용주의가 이러한 정책에서도 통용되는 것이다. 그 때문에 마약 중독자는 범죄자가 아닌 치료받아야 할 환자로 인식되어 정부 차원에서 재활 프로그램을 적극적으로 제공한다. 성매매 종사자 또한 하나의 직업군으로 인정하여 그들을 음지가 아닌 양지에서 관리할 수 있도록 법제화했다. 그래서 불법적인 마약 거래와 성매매로 인한 강력 범죄를 막고 지하 경제 활성화를 방지할 수 있는 것이다.

또한 네덜란드 아이들은 어릴 적부터 약물에 대한 교육을 받는데 '절대 해서는 안되는 범죄'라고 가르치기보다 객관적인 사실을 바탕으로 그로 인한 효과와 해악을 알려 주는 것에 초점을 맞춘다. 그 때문에 금기를 깬다는 호기심과 쾌락이 덜해지고 '언제든 할 수 있으니 굳이 하지 않는다.'는 생각에 오히려 타 유럽 국가에 비해 마약 소비와 중독 비율이 줄어들었다고 한다.

'성'에 대한 문제 또한 쉬쉬하거나 숨기지 않고, 남녀의 차이를 생물학적인 관점에서 있는 그대로 가르쳐 '남과 여'가 아닌 '인간'으로서 먼저 인식하게 한다.

무엇보다 마약과 성과 같은 난제 앞에서 네덜란드의 교육과 사회 시스템 모두 한 목소리로 판단과 결정은 순전히 '개인의 몫'이라는 것을 강조한다. 싸움도 말리는 사람이 있을 때나 상대에게 헛발질도 해 보고 고함도 지르지, 막상 말리는 사람이 없다면 괜히 으름장만 놓다 흐지부지되는 것처럼. 그 모든 일이 온전히 내 선택이고 그 선택의 담보가 내 인생이 되어 버린다면 누구도 쉽게 방만해지지 못할 테다. 그렇게 선택의 자유는 주어지지만, 단 그 선택으로 인해 누군가에게 피해를 끼치거나 사회 규율을 어겼을 때는 강력한 법적, 행정적 압박과 처벌을 가하는 것이 '네덜란드식 자유'이다.

네덜란드의 많은 점이 나를 사로잡았고, 때로는 그것이 어떠한 이상향처럼 느껴지기도 한다. 그리고 혹자가 느끼는 겉과 속이 다른, 타락하고 퇴폐적인 나라로 보이는 것도 분명 네덜란드의 일부분일 테다. 세계에서 가장 진보적인 나라, 개인이 책임질 수 있는 범위 안에서의 자유가 보장되는 나라. 나는 이 끝 모를 자유 앞에서 내 가치관의 펜스를 어느 높이로 설정해 두어야 할지 갈팡질팡하게 된다. 그럴 때는 종종 옆길로 새 나가는 것이 도움이 되는데, 나는 곧잘 관계에 대해 생각하고는 한다.

나이가 드니 좋은 사람, 나쁜 사람의 구분이 없어졌다. 세상에 이 둘을 구분하는 기준이란 게 존재할까. 이 나이가 되어 더이상 좋은 사람, 나쁜 사람을 따지는 것 자체가 유아적인 발상일지도 모른다. 극악무도한 살인마가 아닌 이상, 모두가 양면성을 가지고 있다.
그렇다면 결국은 주파수의 문제.
그 사람과 내가 주파수가 잘 맞느냐 안 맞느냐. 같은 말과 행동을 해도 같은 주파수대의 사람들은 선율을 만들고 주파수가 다른 사람들은 잡음이 난다. 그저 주파수대가 다를 뿐. 누군가에겐 나도 악의를 가진 존재, 악연이었던 기억, 악인이 될 수도 있다. 그래서 관계에 있어 머리가 혼잡해질 때마다 주파수를 떠올린다.

이런 관계의 법칙이 나라와 개인의 합에서도 통하지 않을까. 나는 네덜란드에 오자마자 한눈에 반해서 결국 네덜란드에 살아보고 싶어 기어코 이곳에 오게 되었고, 반대로 동반자는 파리를 좋아했는데 나는 그 좋다는 파리와 도통 맞지 않았다. 그래서 나의 '주파수 이론' 은 개인과 개인의 관계뿐만이 아니라 나라와 개인 혹은 공간과 개인 사이에서도 통한다고 믿고 있다. 이런 나의 믿음은 네덜란드에서 지내는 동안 더욱 확고해졌다.

누구나 그렇겠지만 나는 극단적인 면이 많은 사람이다. 극단적으로 낯가림이 심하고 내성적이지만, 일에 관해서는 진취적이고 저돌적이다. 가만히 두면 한 발짝도 밖에 나가지 않을 정도로 집순이지만, 여행을 좋아해 여윳돈만 생기면 여행을 다닌다.

한 문장 안에서도 앞뒤가 맞지 않을 정도로 극단적인 나의 모습은 이곳의 극단적인 면과 닮았다. 그래서 나는 네덜란드와 주파수가 잘 맞는 거라고 생각한다.

뭐, 어딘들 완벽한 이상향이 있을까. 같은 나라, 같은 장소라도 누군가에겐 천국, 누군가에겐 지옥이 될 수 있다. 다툼이라고는 없는 요정들만 모여 사는 동화 같은 모습도, 이렇게 흐트러져도 될까 싶을 정도로 거친 소돔 같은 면도, 모두 다 네덜란드의 진면모이다.

'결국 어떤 모습을 더 많이 보고 겪을지조차 개인의 선택에 달려 있다.'

네덜란드에서 지내는 동안 이 넘쳐나는 자유 속에서 내 선택의 기준은 대체로 하나였다. 바로 이 땅에 발붙이고 있는 동안만이라도 '타인' 이 아닌 '나' 에 집중하자는 것. 둔한 감각이지만 더듬더듬 주파수를 조율하며 나 자신의 행복을 찾는 일에만 몰두하는 일.

그렇게 조율하다 보면 언젠가 잡음 없이 깨끗한 나만의 음악을 듣게 되는 날이 오리라 기대한다.

다시 만난, 헤이그

칠 년 전 배낭여행 때 북유럽의 모나리자라 불리는 요하네스 페르메이르<Johannes Vermeer>의 '진주 귀걸이를 한 소녀'를 보러 헤이그 <Den haag>에 방문했었다. 하지만 나는 작품이 있는 마우리츠하위스 미술관 <Mauritshuis>에 도착하자 허탈감에 탄식했다. 그 이유는 '진주 귀걸이를 한 소녀'가 전시차 다른 나라에 가 있다는 소식 때문이었다.

'진주 귀걸이를 한 소녀'에게 퇴짜를 맞은 일 말고도 개운치 못한 기억이 하나 더 있다. 허탈한 마음을 달래기 위해 햄버거집에 들어갔는데 눈에 띄게 불친절한 태도의 점원이 먹을 수 없을 정도로 타버린 튀김을 건넨 것이다. 그 때문에 헤이그에 대한 인상이 검게 그을린 튀김처럼 거무튀튀하게 남아 버렸다.

첫인상이 좋지 않아서인지, 다시 네덜란드에 왔을 때도 헤이그를 생각하면 더부룩한 기분이 가시지를 않았다. 그도 그럴 것이 한국 대사관이 있어 골치 아픈 행정 서류를 처리하러 가는 길이 대부분이었기 때문. 늘 볼일만 보고 후다닥 도망치듯 돌아온 탓에 주변에서 헤이그는 어떠냐는 질문을 받으면 '글쎄…….' 라며 말을 흐렸다.

　한국에는 헤이그로 알려졌지만, 현지에서는 덴하그로 더 많이 불린다. 헤이그, 혹은 덴하그는 네덜란드 정치 행정의 중심지로 실질적인 수도 역할을 하고 있다. 행정 수도라는 타이틀에 걸맞게 고층 빌딩이 마천루를 이루는 대도시로 중심가만 벗어나면 소와 양이 풀을 뜯는 타지역과는 사뭇 다른 풍경을 가지고 있다. 그래서 기차역에서 내려 센트럴로 걸어오는 동안 도시 전반에 깔린 회색빛에 괜히 으슬으슬해져 옷깃을 여미게 된다.

　하지만 삭막하게만 기억했던 헤이그도 시간이 지나면서 새로운 매력을 발견하게 되었다. 일단 '진주 목걸이를 한 소녀'를 다시 만났던 날 꽁꽁 얼어붙었던 마음이 그림을 보자마자 녹아내렸다. 오래도 돌아왔다며 그림 속 여인이 온화한 미소로 나를 다독이는 듯했다. 그 미소에 마음이 녹은 것은 나만이 아닌지, 많은 이들이 그림 앞에서 발길을 떼지 못하고 있었다.

　마우리츠하위스 미술관은, 귀족의 저택에 초대된 듯 고즈넉하고 우아한 공간이다. 규모는 작지만 렘브란트, 페르메이르, 프란스 할스, 안토니 반 다이크, 피테르 브뤼헐 등 네덜란드와 플랑드르 화가들의 작품 8백여 점이 소장되어 있고, 그 화려한 라인업에 비해 붐비지 않아 느긋하게 작품을 감상할 수 있다.

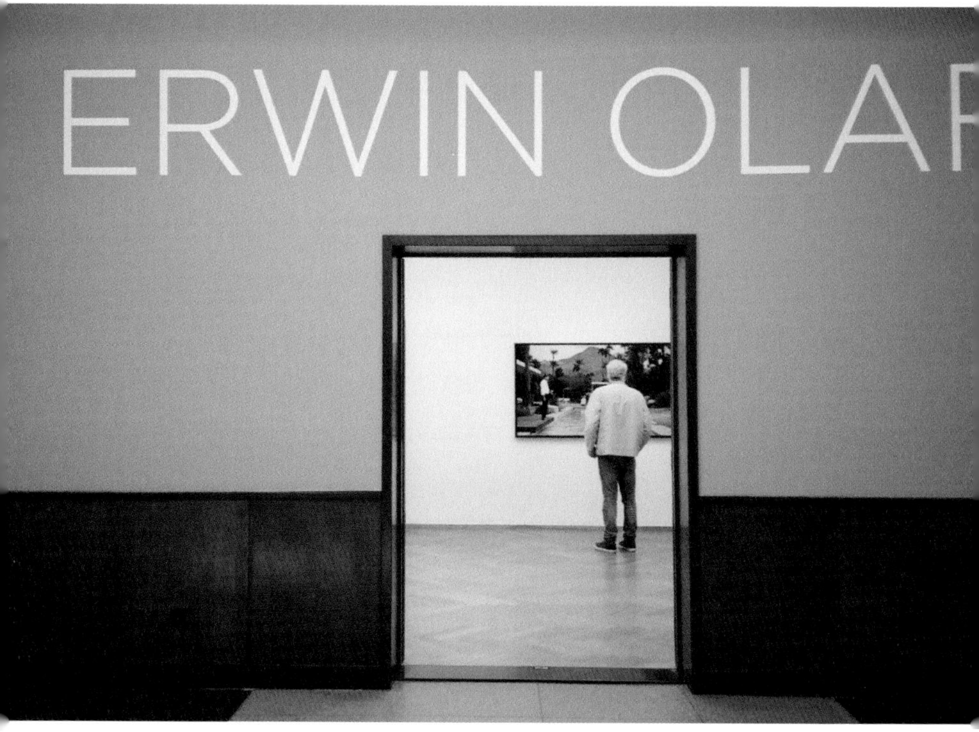
ERWIN OLAF

마우리츠하위스 미술관과 함께 가볼 만한 뮤지엄으로는 덴하그 시립 미술관 <Gemeentemuseum Den Haag> 을 추천한다. 근현대 회화 작품 외에도 시즌 별로 조각, 공예, 패션, 사진, 영상 등 다양한 분야의 다채로운 전시가 열린다. 그리고 네덜란드를 대표하는 공예품인 델프트 도자기도 전시되어 있어 델프트에 따로 방문할 시간이 되지 않는다면 함께 둘러보기에 좋다.

시립미술관을 채운 16만 점이 넘는 작품 중 가장 좋았던 한 점을 꼽으라면 에곤 실레 <Egon Schiele> 의 '에디트'. 에곤 실레가 자신의 연인이었던 에디트의 모습을 그린 작품으로, 특유의 어둡고 퇴폐적인 그의 작풍과 달리 부드럽고 따뜻한 색감과 사랑스러운 분위기에 바라보고 있으면 괜스레 애틋한 마음이 드는 그림이다.

미술관을 나와 번쩍이는 쇼핑몰과 고층 빌딩 사이의 구시가지 골목을 걷다 보면 헤이그의 또 다른 면을 볼 수 있다. 빈티지 숍과 개성 있는 카페들이 숨어 있는 골목은 딱딱한 도시로만 느껴졌던 헤이그에 대한 인상을 좀 더 말랑말랑하게 바뀌게 한다.

무엇보다 시내를 걷다 보면 차이나타운을 만날 수 있다. 타지 생활에서 한국인 입맛에 맞는 음식을 찾기 어려울 때 중국 음식만큼 반가운 게 있을까. 게다가 식도락에 취약한 네덜란드에서 따뜻하고 매콤한 음식들로 가득한 중국 식당 메뉴판을 보고 있으면 그야말로 감개무량했다. 헤이그 차이나타운에는 중국 식당 외에도 맛과 가격 모두 훌륭한 아시아 식당들이 즐비해 있어 생각만 해도 입에 침이 고인다. 나중에는 차이나타운에 가고 싶어 괜히 헤이그에 갈 구실을 만들어 내기도 했다.

차이나타운 끝에는 이준 열사 기념관도 있다. 1907년에 열린 만국평화회의에 을사늑약의 부당함을 알리려 네덜란드에 온 이상설 <李相卨>, 이준 <李儁>, 이위종 <李瑋鍾> 을 기리는 기념관이다. 그 옛날 이역만리 타지에 조국을 대표해 네덜란드로 왔으나 이준 열사는 일본의 방해로 회의에는 참석하지 못하고 순국하고 만다. 네덜란드에서 한국인의 자취를 찾기는 쉽지 않은데 그마저 남아있는 곳이 이렇게 서글픈 장소라니. 하지만 이준 열사의 희생으로 대한민국 여권을 들고 당당히 여행 올 수 있다고 생각을 하면 헤이그만큼 가슴이 뜨거워지는 장소도 없다.

이준 열사 기념관을 보고 난 뒤, 평화궁 <Peace Palace> 을 보면 좀 더 새롭게 보인다. 이곳 광장 앞 벤치에는 세계 각국 언어로 '평화' 가 적혀있는데, 물론 한글로도 적혀 있다. 낯선 땅에서 '평화' 라는 한글 두 글자를 바라보다 보면 현재의 안온함에 대해 다시금 감사하게 된다.

헤이그의 또 다른 매력 중 하나는 바로 바다가 있다는 점. 헤이그 북서쪽 스헤베닝언 <Scheveningen> 에 있는 이 바다는 센트럴에서 버스를 타고 20여 분 정도 가면 있는 해변으로 번잡한 대도시에서 바다를 가까이 볼 수 있는 매력적인 장소이다. 바닷가 특유의 화려하지만 살짝 조잡한 느낌의 가게와 식당들이 늘어서 있고, 그 사이를 거니는 들뜬 얼굴의 나들이객들로 가득하다.

초여름 즈음 바다를 보러 갔는데 유치원에서 소풍 나온 아이들이 해변에서 뛰놀고 있었다. 알록달록 알사탕 같은 아이들의 모습을 보고 있자니, 한동안 단 걸 먹지 않아도 될 만큼 마음이 달달해졌다. 그렇게 망중한을 즐기고 집으로 오는 길에는 바다 내음이 몸속 가득 차올라 바다 위를 떠다니는 듯 둥실둥실 걷게 된다.

첫인상이 별로다 못해 가능한 피하고 싶었던 사람과 우연한 기회에 그의 진면목을 발견해 절친한 사이가 된 적이 있다. 또 지인들과 네덜란드의 어디가 제일 좋았냐는 이야기를 나누다 내가 극찬했던 여행지가 지인은 최악의 여행지였다고 해서 머쓱해진 적도 있다. 처음 네덜란드에 오기로 했을 때, 네덜란드 여행을 해 봤던 친구가 사시사철 비가 오는 그 음침한 곳에 왜 가냐고 나를 말리기도 했었다.

이처럼 기억이란, 특히나 사람이나 장소에 대한 기억은 시시각각 변하는 네덜란드 날씨만큼이나 종잡을 수 없음을, 헤이그를 방문할 때마다 깨닫게 된다.

우주 쓰레기

바다 건너로 이사를 앞두고 한국 집을 정리하면서 끊임없이 무언가를 버렸다. 평소 장난감이나 책, 소품 모으는 것을 좋아해 집 구석구석 자질구레한 물건들로 가득했었다. 원체 버리기보다 모으는 것을 좋아하는, 미니멀 라이프와는 거리가 먼 맥시멈 라이프인지라 짐을 정리하는 일 자체가 큰 고역이었다. 하나같이 힘들게 구했고 추억이 담긴 물건들이었는데 한순간에 애물단지가 되어 버린 걸 확인할 때면, 정리하다 말고 허무함에 짐 더미 위로 주저앉아 방 안에 떠도는 먼지 같은 기분이 들고는 했다.

팔 수 있는 것은 팔고 줄 수 있는 것은 나눠주고도, 결국 처리하지 못한 짐들은 오롯이 쓰레기가 되었다. 매일 밤 버리고 버려도 끝이 없는 짐을 쓰레기로 처리할 때마다 인간은 정말 우주의 쓰레기구나 싶은 생각이 들었다. 크지도 않은 몸을 유지하기 위해 쓰고 입고 먹는 데 소요되는 것들은 얼마나 많은지. 내가 정말 이것들을 다 이고 지고 살아왔던가 싶은 생각에 인간으로 태어난 원죄를 느꼈다.

그렇게 수많은 쓰레기를 버리고 네덜란드에 오면서 불필요한 짐을 절대 늘리지 않겠다고 결심했다. 단순히 결심의 문제를 떠나서 현실적으로 언제 떠날지도 모르는 이방인 처지이니, 가능한 물건을 사지 않고 짐을 늘리지 않아야만 했다. 그래서 가구도 최소한으로 갖췄고 그릇과 식기도 딱 한 세트만, 침대도 프레임 없이 매트리스만 두고 지냈다. 어딘가로 여행을 떠나도 작은 기념품 하나 웬만하면 사지 않았다. 평소라면 캐리어 가득 이고 지고 왔을 여행지의 탐나는 물건들도 두 번 세 번 생각해서 결국 내려놓게 되었다.

최소한의 짐으로 살다 보니 물건 하나하나에 애착이 생겨났다. 매일 쓰는 젓가락 두 짝, 숟가락 하나, 물컵 두 개, 우산 하나……. 마치 물건이 생명이 있는 식구처럼 느껴졌다. 그렇게 지내다 보니 일상이 참 살림살이만큼이나 단출하고 담백해졌다. 일상이 가뿐해지자 비로소 미니멀 라이프의 장점을 글이 아닌 몸으로 체감하게 되었다.

물건을 사는 행위. 소비에 대해서도 다시 돌아보게 되었는데, 굳이 살 필요가 없는 것을 사지 않았을 때의 가뿐함. 꼭 사야 할 것이 있다면 고르고 골라서 샀을 때의 쾌감. 그렇게 고심해서 고른 물건을 요긴하게 잘 사용했을 때의 만족감. 물론 언제 떠날지 모르는 처지와 이방인의 얄팍

한 살림살이 때문에 어쩔 수 없었던 소비 패턴이었지만, 강제로라도 덜어 내는 삶을 살아 보니 지니고 있는 짐에 반비례해 충만감이 늘어났다.

그러다 문득 해가 좋은 날 창문을 활짝 열고 청소를 하는데, 네덜란드에 온 이유가 짐이 차지하던 공간을 비워 낸 만큼 내 삶에 여백을 주려 했었구나 싶어졌다. 나는 꽉 채워진 물건과 빈틈없는 시간과 거리감 없는 관계 속에 여백을 원했던 것이다.

참으로 건설적인 깨달음을 얻은 이후, 한 달이 지나고 두세 달이 지났다. 문제는 시간이 가면서 코딱지만 한 집안에도 어쩔 수 없이 조금씩 조금씩 짐이 늘어나더란 것이다. 캐리어에 들어갈 정도의 짐으로만 살기로 했던 굳은 결심은 금세 무색해졌고. 어느새 작은 방을 채우는 짐들을 보며 인간은 망각의 동물이자 끊임없이 원죄를 반복하는 존재라는 생각이 들었다.

생각의 짐도 마찬가지였다. 오기 전에는 이 많은 걱정과 고민을 덜어 내려고 먼 나라 네덜란드까지 왔는데 하나를 덜어내면 하나의 걱정이, 하나를 해소하면 하나의 욕심이 생겨나 어느새 나는 늘 일정량의 걱정과 고민을 안고 살고 있더랬다. 결국 다시 출처 불명의 오만 짐을 이고 지고 사는 나를 발견하고는 화들짝 놀라 '그럼 그렇지, 인간은 우주 쓰레기지.'라며 자괴감에 읊조렸다.

뭐, 어쩌겠는가. 인간은 그렇게 평생을 끊임없이 깨닫고 뉘우치고 살아가야 하는 존재임을. 지닌 짐의 무게가 버거워 한 걸음도 못 가겠다고 죽는소리를 하다가도, 또 어느 날은 다 들쳐 업고 갈 수 있다고 거뜬하다고 허세를 부리기도 하고. 그렇게 덜어 내고 채우고 깨닫고 뉘우치고 하다 보면 내가 질 수 있는 짐의 적정 무게가 어느 정도인지를 가늠하는 날이 오지 않을까.

북쪽 끝으로, 레이우아르던

네덜란드는 작은 나라인데도 기차 노선이 잘 되어 있다. 하지만 교통비가 매우 비싸, 프로모션으로 할인하는 기차표가 뜨면 일단 가든 안 가든 잔뜩 구매해뒀다. 그러고서는 표를 사둔 걸 잊고 지내다, 사용기한이 임박해서야 늘 부랴부랴 여행을 떠나고는 했다.

하지만 1년쯤 되어 가니 큼직큼직한 도시나 웬만한 관광지들은 다 가본 터라, 더이상 갈 곳도 없고 딱히 가보고 싶은 곳도 없어졌다. 그렇게 남은 기차표를 어떻게 써야 하나 싶어 네덜란드 지도를 보며 고민하던 차, 문득 탐험 정신을 발휘해 전혀 듣도 보도 못한 곳에 가보자는 생각이 들었다. 그렇게 가게 된 곳이 바로 레이우아르던 <Leeuwarden>.

레이우아르던은 네덜란드의 북쪽 끝 도시로 프리슬란트 <Friesland> 주의 주도이다. 인구 10만 명의 한적한 도시로 여름에는 요트, 겨울에는 스케이트 인파들로 붐빈다고 한다. 1차 세계대전 당시 독일과 프랑스에서 이중 스파이로 활동한 무용수 마타 하리 <Mata Hari> 의 고향으로도 알려져 있다. 2018년에는 유럽 문화 수도 중 한 곳으로 선정되어 각종 전시회와 인형극, 연극제 등이 성대하게 열리기도 했다.

이것이 방문하기 전 찾아본 레이우아르던에 관한 모든 정보였다. 이런 것들을 알고 나서도 별 흥미가 생기지 않아 여행 가는 날 아침까지도 갈까 말까 고민했다. 그래도 어쨌든 기차표를 써야 하니 무거운 엉덩이를 일으켜 길을 나섰다.

한데 레이우아르던까지 가는 두 시간 동안 기차 밖의 초여름 풍경이 싱그럽고 아름다워 설레기 시작했다. 게다가 출발할 때 심드렁했던 상태와 달리, 레이우아르던에 도착하자 생각보다 크고 세련된 도시 풍경에 호기심이 더해졌다. 유럽 문화 도시에 선정되었을 때 세워 졌던 소년, 소녀 동상을 뒤로하고 구시가지를 따라 걷다 보니 그간 보아 왔던 네덜란드 풍경과는 사뭇 다른 산뜻하고 청량한 풍광이 펼쳐졌다.

네덜란드의 남쪽 끝 도시 마스트리흐트가 벨기에와의 접경으로 이국적인 매력이 있는 것처럼, 네덜란드의 북쪽 끝 도시 레이우아르던 또한 가보지는 않았지만 흡사 덴마크나 스웨덴 같은 북유럽 국가의 분위기가 물씬 느껴진다. 넓고 쾌적한 도로를 따라 나지막하게 들어선 파스텔 톤 건축물과 시가지를 감싸고 도는 아기자기한 운하와 다리. 그 모든 풍경이 이국적이라 마치 네덜란드가 아닌 비행기를 타고 먼 곳으로 여행을 떠나온 기분이 들었다.

또 유럽 문화 수도로 선정된 만큼 도시 곳곳에 그라피티와 조각상, 분

수대, 뮤지엄, 갤러리, 개성 있는 카페와 숍들이 숨어 있어 걷다 보면 잘 정비된 테마파크를 걷는 느낌도 든다.

특히 감옥을 리모델링해서 만든 복합문화 공간 브록하위스포르트 <Blokhuispoort>가 무척 인상적이었다. 내부는 시민들을 위한 도서관과 예술가들의 작업실로 활용하고, 별채 공간은 숍과 레스토랑으로 탈바꿈해 현지인들과 관광객들의 발길이 끊이지 않았다. 감옥으로 사용할 당시의 철제 문과 쇠창살, 난간 등이 그대로 남아 있어 서늘하면서도 묘한 매력이 넘쳤다. 좁은 독방 안에 예술가들이 웅크려 작품 활동에 열중하는 모습을 보고 있자니, 감시하는 이는 없어도 아직 감옥으로써 기능을 하는 것 같아 웃음이 나기도 했다.

또한 중심가와 가까운 곳에 있는 세라믹 뮤지엄 <Ceramics Museum Princessehof> 에서는 네덜란드 도자기의 역사를 한눈에 볼 수 있다. 컬렉션 규모와 수준이 훌륭해 공예품이나 디자인에 관심이 있다면 꼭 들러 볼만한 장소이다. 잘 큐레이션 된 전시 외에도 공간 자체가 모던하고 감각적인데, 특히 전면 창 너머로 벚꽃 나무가 흐드러진 뮤지엄 카페가 무척 멋지다.

아름다운 도시 풍경과 곳곳에 숨어 있는 볼거리도 흥미로웠지만, 무엇보다 좋았던 건 잘 알려지지 않은 소도시라 그런지 관광객이라고는 찾아볼 수 없는 한적하고 평화로운 분위기였다. 그 때문에 평일 대낮에 돌아다니는 동양인 관광객을 신기하게 바라보는 시선이 많았는데, 오랜만에 주민이 아닌 손님이 된 것 같아 그 호기심 어린 시선이 그리 나쁘지 않았다. 특히 카페에 가도 상점에 가도, 이 먼 곳까지 어떻게 찾아왔나 싶어 이것저것 물어보고, 뭐 하나라도 더 알려 주려고 지도를 펼쳐 구경할 만한 포인트를 짚어 주던 다정한 말과 눈빛들이 더없이 정겨운 기억으로 남아있다.

크고 작은 배들을 정박해두고 흐드러진 햇살 밑에서 푸지게 낮잠을 자는 선원과 초록 들판에 드러누워 광합성 하는 연둣빛 청춘들. 그 주변에서 빵 부스러기 하나 얻어먹어 볼까 뒤뚱거리던 오리들. 운하의 강물 위로 점점이 떨어지던 꽃잎과 초면에도 성큼성큼 다가와 몸을 비비며 애교를 피우던 고양이. 가만히 보고 있으면 단내가 폴폴 날 것 같은 그런 소박한 풍경들에 반해 나는 기차 시간이 다가오는 줄도 모르고 레이우아르던 골목을 하염없이 헤매고 다녔다.

처음 네덜란드에 와서 드넓은 들판과 한가로이 잠자는 양 떼와 소들, 운하 위에 태연히 떠다니는 오리들, 끝없이 펼쳐진 나무와 숲들, 손닿을 듯 낮은 구름과 청명한 하늘, 구름을 휘젓는 풍차, 장난감 벽돌집들을 볼 때마다 내가 보고 있는 것이 현실인지 환상인지 분간이 되지 않을 정도로 그 아름다움에 매 순간 감탄했었다. 하지만 시간이 지나고 여행이 아닌 일상이 되면서 창밖의 그림 같은 풍경을 보아도 별다른 감흥을 받지 못했다.

그렇게 네덜란드 풍경에 익숙해질 만큼 익숙해졌다고 생각하던 시점에 레이우아르던을 가게 되었고, 아무 기대 없이 찾아간 장소에서 네덜란드 풍경을 처음 마주했을 때와 같이 두근거림을 느꼈다. 그러고 보면 여행도 삶도 딱히 기대할 것이 없다고 생각하는 순간 예상치 못한 새로운 모습을 마주하게 되는 것 같다. 말 그대로 끝이 끝이 아닌. 그것이 여행의 묘미이자 삶의 묘미가 아닐까.

네덜란드 생활도 끝을 향해 가고 있다. 모두 정리했다고 몇 번을 다짐해도 돌아보게 되는 첫사랑처럼 떠날 생각을 하면 벌써 미련 가득하기만 하다. 네덜란드의 북쪽 끝 도시 레이우아르던에서 보낸 시간은 그런 내게 이렇게 말해 주는 듯했다. 이 끝이 끝이 아니라고. 언제고 예상치 못한 어느 날, 어느 곳에서 어떤 모습으로든 우리 다시 만날 수 있다고.

안네의 일기

어릴 때 쓰던 일기장의 이름은 '안네' 였다.

쉽게 예상하듯 안네의 일기를 보고 감명 받았기 때문이다. 안네가 일기장에 키티라는 이름을 지어 주고 살아 있는 친구처럼 대했던 걸 흉내 내어 나도 일기장에 '안네' 라는 이름을 지어 주고 일기를 쓰기 시작했다.

내가 안네의 일기를 처음 읽었을 때는 역사적인 아픔이나 전쟁의 비애를 느끼기에는 너무 어렸었다. 그저 내 또래 여자아이가 풀어놓은 은밀한 이야기에 공감하며 빠져들었을 뿐. 어릴 적 나는 친구들과 어울리기보다 옷장에 들어가서 혼자 책을 읽거나 그림 그리며 놀기를 좋아하는 내성적인 아이였다. 그래서 건들면 부서질 듯 섬세한 감성으로 써 내려간 안네의 일기가 마치 내 이야기처럼 느껴졌고, 안네가 전쟁을 피해 어쩔 수 없이 숨어들었던 은신처조차도 왠지 낭만적으로만 보였다.

어쨌든 나는 안네의 일기를 흉내 내어 꽤 오랫동안 '안네' 일기장에 일기를 썼다. 그리고 일기의 마지막에는 항상 내 일기장이자 비밀 친구인 안네에게 약속을 했다.

'내가 어른이 되면 꼭 너를 만나러 갈게.' 라고.

그렇게 이십여 년의 시간이 흘러 옷장에 숨어 나만의 세계에 빠져 놀던 아이가 어른이 되었고 네덜란드에 왔다. 14시간 동안 비행기를 타고 바다를 건너 비밀 친구 안네를 만나러 온 것이다.

처음 안네의 집에 갔을 때는 어릴 적 친구를 만나러 간다는 설렘만 가득했다. 만화 속 주인공을 만나러 우주로 가겠다거나, 산타클로스를 만나러 산타 마을에 찾아가겠다거나 하는 아이들 특유의 황당한 소망이 실제로 이루어지게 되었으니……. 관람객이 적은 시간을 노려 아침 일찍 집을 나서야 했는데도 불구하고 피곤한 기색 없이 발걸음이 가뿐했다.

하지만 막상 안네의 집에 입성했을 때는 묘한 기분이었다. 예약하지 않으면 입장이 불가능한데도 대표 관광지답게 관광객들이 길게 늘어서 입장을 기다리고 있었다. 안네의 흔적을 보러 전 세계 사람들이 늘어선 진풍경을 접하자, 나랑만 친한 줄 알았던 단짝 친구가 사실은 전교생의 우상이라는 걸 알게 됐을 때의 낯섦이랄까, 그런 서운함을 느꼈다. 하지만 찰나였고 곧 내가 어린 시절 그랬듯 안네의 일기를 보고 숨죽여 공감했던 아이들이 이렇게도 많았나 싶어 노랑 머리, 빨강 머리, 큰 코, 작은 눈, 제각기 다르게 생긴 전 세계 사람들이 갑자기 친근해졌더랬다.

안네의 은신처는 내 옷장만큼이나 좁고 은밀했다. 그 안에서의 감상은 어릴 적과 정반대로 안네에 대한 애틋함이나 그리움보다 전쟁의 아픔, 역사의 비애 같은 것들이 먼저 다가왔다. 아이일 때는 그저 또래 소녀의 놀이터처럼 생각되던 은신처였는데, 어른이 되어 그 공간을 체감하니 그 작은 공간에 얽힌 역사와 정치, 힘의 논리들이 더 선명하게 보였다. 옷장에 숨어 읽었던 안네의 일기는 어릴 적 늘 뒤집어쓰고 있었던 애착 이불처럼 내게는 그저 보드라운 세계였지만, 이제는 건조하고 거슬거슬한 보풀이 피부에 닿은 듯 불편하게 느껴졌다.

특히 안네의 집에는 일본인 관광객들이 많이 있었는데, 몇몇은 전쟁의 아픔에 통감한 듯 눈물을 흘리고 있었다. 물론 그들의 눈물이 거짓이라고는 생각하지 않는다. 하지만 그들을 보며 나는 네덜란드 헤이그에서 열린 평화 회의 때 일본의 식민지 침탈과 을사늑약의 부당함을 알리려다 이역만리 타지에서 비명횡사한 이준 열사가 떠오른 것은 왜일까. 더불어 안네의 집에 방문해 나치의 잔혹한 행적에 가슴 아파하던 그들의 인류애가 이준 열사 기념관에 가서도 이어질까 궁금해졌다. 아니, 그런 곳이 네덜란드에 있다는 걸 알기나 할까. 나아가 안네 또래였던 한국 소녀들과 함께 네덜란드 여성들도 일본군에 끌려가 착취를 당했던 역사를 알고는 있을까. 그 소녀들의 죽음을 기리기 위해 몇 달 전부터 예약을 하고 새벽같이 줄을 서서 진정성 있는 눈물을 흘릴 수 있을까.

그렇게 어릴 적 단짝 친구의 집을 방문한다는 기쁨에 붉게 상기되었던 내 얼굴은 이런저런 의심과 불신에 회색빛으로 흐려졌다.

불빛 한 점 없이 어두운 벽과 통로로 막혀 있던 은신처를 통과해 밖으로 나오면 갑자기 쏟아진 햇살에 잘못한 게 없는데도 괜스레 뜨끔해진다. 안네는 어른이 되지 못하고 영원히 아이로 남아있는데 나만 어른이 되어 버렸다. 그것도 일기장에 쓴 수많은 약속들을 대부분 지키지 못하고, 그저 그런 별 볼 일 없는 어른이 되어 버렸다.

세상은 안네가 은신처에 숨어 몰래 일기를 썼던 그때와 많은 것이 달라진듯 보이나 어찌 보면 조금도 달라지지 않았는지도 모른다. 여전히 전쟁이 일어나 서로 죽고 죽이고, 생김새가 다르다는 이유로 혐오하고 미워한다. 다락방에 숨죽여 살던 안네처럼 지금도 어린 소녀, 소년들이 폭

탄과 총알을 피해 어딘가에 숨어 공포에 떨고 있다. 또 안네의 가족처럼 수많은 난민이 집을 잃고 목숨을 담보로 한 기나긴 고행길에 나선다. 백 년 가까이 되는 세월이 흘러도, 달라진 것 하나 없는 세상을 보며 안네는 무어라 생각할까. 슬퍼할까. 화를 낼까. 아니면 허무해 웃을까.

　운하 둑에 걸터앉아 혼탁한 세상이 어떻게 굴러가든 관심 없이 무던히 흐르는 강물을 보고 있으면 곧 번잡했던 마음이 고요해진다. 그러다가 낡은 옷장에 숨어 안네의 일기를 읽던 어린 시절의 내가 어느덧 자라 약속을 지키려고 안네를 만나러 왔고, 짧지만 안네가 있었던 곳에 살게 된 그간의 여정을 떠올리면 잔잔한 수면에 돌멩이 하나 떨어뜨린 것처럼 마음에 파동이 인다.

　그리고 가늠한다. 바람이 강물을 밀어내듯 우연이라든가 인연이라든가 따위의 눈에 보이지 않는 어떠한 힘이 내 등을 떠밀어 기어코 네덜란드에 도착하는 '운명'을 만들어 냈다고.

　그 '운명'을 받잡고 옷장 속에 숨어 책으로 세상을 염탐하던 어린 시절 그 마음으로, 나는 네덜란드의 사계절을 염탐하며 글을 써 나갔다. 하지만 정작 이 글들을 책으로 엮기까지 고민이 많았다. 고작 일 년여를 살면서 내가 네덜란드의 무얼 안다고 글을 쓴다는 것인지, 그럴 자격이 있는지에 대해.

　하지만 문득 허황된 욕심과 기대를 품게 되었다. 은신처에 숨어 쓴 안네의 일기가 세월이 흘러 한국에 있는 한 아이의 마음에 네덜란드라는 씨앗을 심어 준 것처럼. 알아주는 이 없이 고독하게 살다 간 고흐의 그림이 씨앗이 되어 수많은 예술가를 키워 낸 것처럼. 내 설익은 글이 돌

고 돌아 어느 누군가의 마음에 안착해, 네덜란드라는 싹을 틔우는 씨앗
이 될지도 모를 일이라고.

영원한 짝사랑

이곳에 와서 샀던 소금과 후추를 일 년 만에 다 썼다. 떠나야 하는 시간에 딱 맞춰 떨어진 소금과 후추를 보며 왠지 모를 뿌듯함과 동시에 아쉬움이 밀려왔다. 조금 더 넉넉하게 사뒀더라면 네덜란드에서 지내는 시간도 더 길어졌을까, 아쉬운 마음에 그런 터무니없는 가정도 해보고.

이 글을 일 년간의 네덜란드 좌충우돌 생활기라 명명하고 싶지만, 실은 이곳 생활은 별 사건 사고라고 불릴 만한 일없이 고요하게 흘러갔다. 그래서인지 그간의 글을 퇴고하면서 너무 특별한 에피소드가 없는 게 아닐까. 그래서 글이 밋밋하고 싱거운 게 아닐까 걱정이 들었다. 하지만 별일 없이 고요히 흘러가는 일상. 그거야말로 네덜란드의 삶을 가장 잘 설명하는 게 아닐까 싶다.

고요함을 넘어 네덜란드에서 나는 노인의 삶을 미리 살아본 느낌이었다. 삼사십 년 뒤 인생의 모든 곡절을 건넌, 노후를 앞당겨 경험한 기분. 반대로 살아오며 짧은 시간 안에 이렇게 여러 나라를 비행기로 기차로 버스로 넘나들며 정신없이 바쁘게 지낸 적이 있었던가. 그렇게 바쁘게 살았으면서도 네덜란드의 일상을 떠올리면, 태연히 흘러가는 강물이나 느긋이 떠다니는 구름. 그런 장면들이 떠오른다.

강물처럼 구름처럼 헐겁고 느슨하게 살고 싶다. 이곳에서 사계절을 보내는 내내 그런 생각을 했다. 나는 하고 싶고 이루고 싶은 게 참 많은 사람이었는데 여기에 와서는 하고 싶은 것도 이루고 싶다는 생각도 시들해졌다. 남들은 꿈을 찾아 야망을 품고 바다 건너 떠나온다지만 네덜란드에서 지내는 동안 오히려 꿈이고 야망이고 다 소란스럽고. 양이 잘 자고 물이 잘 흐르고 구름이 참 예쁘게 떠다니는데, 더 바랄 것이 뭐가 있겠나 싶더랬다.

별다른 일 없이 그저 일상의 안온함만으로 충분하다 느껴지는, 오늘 하루가 무사히 흘렀고, 내일 하루도 그러할 거라는 믿음으로 잠드는 곳. 그것이 내가 경험한 네덜란드라는 나라의 가장 큰 매력이라고 생각한다.

다소 무료할 정도로 평화로운 이곳에서 제일 많이 한 일은 보고 들은 것을 토대로 부지런히 생각하고 기록한 일이다. 떠나오기 전 '많이 생각하고 많이 쓰고 싶다.'는 계획을 세웠었는데 그것만큼은 잘 지킨 것 같다.

밤이면 어둠 속에서 조약돌을 줍는 마음으로 쓸거리를 줍는다. 그러다가 뭔가 떠오르면 안도하며 잠들고 그렇지 않으면 잠을 설쳤다. 밤새 '이 정도면 괜찮다.'와 '아직은 괜찮지 않다.' 사이에서 방황하다 보면 어둠

이 경중경중 뒷걸음질쳐 있다.

　주로 시간, 세월, 만남, 이별. 뭐 그런 골몰해도 답도 없는 것들 주변을 더듬거리고 다녔다. 말 그대로 '시간이 멈춰진 듯 평화로운' 마을에 틀어박혀 할 수 있는 일이라고는 답 없는 질문에 군이 답을 찾아보려는 무수한 시도들이었다. 하지만 반지 원정대의 탐험처럼 어느 산, 어느 성에 가면 절대 반지를 찾을 수 있다고 정해져 있지 않은 이상, 절벽을 기어오르는 마음으로 헤아려도 내가 얻고자 하는 답 근처에도 나는 다다르지 못했다.

　그렇다고 해서 그 숱한 몽상의 시간이 영 영양가가 없지만은 않았다. 다행히도 지금껏 살아오며 체험하지 못한 면을 체험했고, 그를 통해 한국에서와는 다른 깊이로 사고하게 된 것이 있다.

　바로 '소수자' 에 대한 시야.

　네덜란드를 떠나는 날을 얼마 앞두고 아른험 친구들과 함께 송별 여행으로 암스테르담을 다녀왔다. 그날 우연히 게이 프라이드 축제 기간과 겹쳐 운 좋게 퍼레이드를 구경할 수 있었는데, 마치 '네덜란드는 이런 나라야.' 라고 요약해서 보여 준 것처럼 인상깊은 장면이었다.

　게이 프라이드 축제만큼 네덜란드를 잘 상징하는 것이 있을까. 나와 다른 타인에 대한 관용 정신, 개방적인 문화와 무한한 자유로움이 무지개빛으로 반짝반짝 빛나던 잔칫날이었다. 퍼레이드 행렬에는 성 소수자뿐만이 아니라, 소수 인종, 환경과 동물, 페미니스트 등 사회 전반에 걸친 소수자들의 목소리와 그들을 향한 응원의 메시지가 경쾌하게 뒤섞였다.

외국에서 절대적인 소수자가 되어 보니 내가 주류라 착각하고 판단했던 것들이 무색해지는 순간들이 많았다. 일평생을 무난하게 섞여 살다 타지에서 이방인, 즉 절대적인 소수자가 되어 본 경험은 내 삶과 가치관에 무시할 수 없는 영향을 끼쳤다. 나도 타인으로부터 혐오를 받을 수 있고, 배척당할 수 있는, 이해받지 못하는 존재가 될 수 있다는 사실은 슬프고 때로는 충격적이기도 했다. 하지만 나와 다른 누군가를 이해하고 내가 놓치고 있던 세상의 이면을 들여다보게 했으니, 참으로 귀한 경험이라 생각한다.

결국 우리는 모두 조금씩 이상하고, 유별나고, 이해받지 못하고, 어느 장소 어느 무리에선 '소수자' 인 사람들이다.

'타인과 나' 라는 선상에서 네덜란드에서 지내며 '관계' 에 대해서도 자주 되짚어 보았다. 한국 사회 특유의 거미줄 같은 관계망에 지쳐 도망쳐 왔지만 나는 이곳에서 지내는 내내 어느 때보다 관계에 목말라했다. 해가 났다 비가 왔다 우박이 떨어졌다 하는 변덕 심한 날씨에 으슬으슬 떨리는 몸을 부여잡고 중국음식점에 들어가면, 검은 머리에 젓가락 쓰는 사람들이 그리 반가울 수가 없고, 겨우내 뜨끈한 국물 한 솥 끓여 도란도란 나눠 먹는 한국인 친구들이 더없이 사랑스럽다. 한국을 제대로 알고 좋아해 주는 더치 친구의 존재가 감사하고, 여행길에 들렀다며 미역이며 고춧가루며 이고 지고 찾아온 지인들과 때로는 남보다 못하다고 여겼던 피붙이가 새삼 그립고 애틋해진다. 타지에서는 모든 관계 하나하나가 소중해져, '결국 사람은 혼자다.' 라고 건방을 떨던 과거의 내가 그렇게 어리석게 느껴질 수가 없었다.

사람은 혼자 살아갈 수 없는 존재이고, 싫든 좋든 누군가에게 의지하고 미워하고 싸우고 아끼고 엉겨붙어 살아갈 수밖에 없는 존재라는 걸. 부끄럽지만 이제 와 인정한다.

네덜란드에 대한 열병 같은 짝사랑을 앓다, 사랑에 눈이 멀어 야반도주를 감행하듯 무작정 떠나왔다. 하지만 환경이 바뀐 데서 오는 처음의 자극이나 감명은 사라지고, 곧 밋밋한 일상이 되었을 즈음, 문득 '내가 왜 네덜란드에 왔는지.' 가 가물가물해졌다. 반면 골치 아픈 문제가 생기면 왜 이 먼 나라에 와서 하지 않아도 될 고생을 하는 걸까 싶고, 무탈하면 무탈한 대로 이곳까지 와서 이렇게 나태해도 되는 걸까 하고 자책감에 시달렸다.

당연한 말이지만 네덜란드는 꿈과 소망이 이루어지는 환상의 나라 네버랜드가 아니었다. 네덜란드에 오기만 하면 마법처럼 해결될 것 같았던 문제들이, 풀려 나갈 겨를 없이 더 꼬이기만 할 때는 내가 이곳에 온 이유를 스스로 이해시키느라 밤잠을 설쳐야만 했다.

그러다 종종 내가 있던 곳을 떠올리면 마음이 소란스러워지곤 했는데, 그런 순간엔 '그곳에 내가 정말 있었던가?'를 스스로에게 되물었다. 그래, 내가 있었던 곳에 정작 내가 없었기 때문에 나는 이 먼 나라에 왔다. 절대 반지나 절대 진리 따위는 찾아내지 못했지만, 적어도 네덜란드에 있는 동안은 내 속에 내가 다른 데 한눈팔지 않고 제대로 자리 잡고 있다는 안정감을 느꼈다.

네덜란드의 사계절을 경험하며 나는 생에서 가장 행복하고 평화로운 시간을 보냈다. 그리고 표현할 길 없이 슬프고 불안한 시간도 보냈다. 동반자와 우주에 둘만 남겨진 듯 끈끈한 전우애를 느끼기도 했고, 고립된 상황에서 서로의 바닥을 보고 실망하기도 했다. 햇님이와 내리쬐는 햇살을 받으며 푸른 들판을 내달렸고, 햇님이를 보내고 빛 한 점 없는 시린 겨울 동안 영영 회복하지 못할 동상도 입었다.

뜨거운 여름에 와서 뜨거운 여름에 떠난다. 제때 배출하지 못해 열기에 시달리던 나는 사계절 서늘한 바람이 부는 이 나라에 와서 한 템 식혀진 것 같다. 이제 남은 날은 감당하지 못해 병이 나고 마는 열기가 아닌, 천천히 데워져 오래오래 유지되는 온기를 품고 살아가고 싶다.

낯간지러운 질문이지만, 누군가 네덜란드가 나에게 어떤 의미였냐 묻는다면. 내 삶에 그늘 같은 나라였다고. 시원한 그늘에서 한 박자 잘 쉬고 간다고. 오리에게 소에게 말에게 양에게 자전거와 벽돌집에게 나무와 튤립과 하늘과 운하의 강물에게 감사의 인사를 전한다.

유쾌하고 진지하며, 자유로우나 엄격하고, 시끄럽지만 고요한, 짜지만 싱겁고, 너그러우나 차가우며, 정신없고 평화로운. 도통 종잡을 수 없어 사랑스러운 거인들의 나라.

안녕 아른험,
안녕 네덜란드.
영원한 나의 짝사랑.
안녕. 안녕.

추천 여행지

워터랜드 <Waterland>

암스테르담 근교 바다를 마주한 어촌 마을 풍경을 볼 수
있는 코스로 마르켄 <Marken>, 볼렌담 <Volendam>, 모니켄담
<Monnickendam>, 에담 <Edam> 등을 통칭하여 워터랜드라고
부른다.

암스테르담역에서 워터랜드 행 티켓을 사면 하루 동안 워터랜드에 속하는 모든 마을을 오가는 버스를 무제한으로 이용할 수 있다. 해변가에서 갓 튀긴 키블링을 사 들고 탁 트인 바다 풍경과 함께 소담한 어촌 마을을 산책하다 보면 오늘 하루는 이걸로 됐다는 기분이 든다.

히트호른 <Giethoorn>

네덜란드의 베니스라고 불릴 만큼 아름다운 운하로 둘러싸인 작은 마을이다. 배를 빌려 운하를 따라 마을을 둘러볼 수 있다. 배를 타고 흘러가다 보면 드넓은 호수까지 나갈 수 있는데 아기자기한 마을 풍경도 좋지만 탁 트인 호수 풍광이 이국적이고 멋있다. 동화 같은 풍경으로 SNS 인증 샷을 찍기에 안성맞춤인 곳이지만, 그만큼 관광객들이 넘쳐난다. 관광객을 태운 보트들 때문에 좁은 운하에 교통체증이 일어나기도.

라이던 <Leiden>

렘브란드 <Rembrandt> 의 고향으로 유명한 라이던. 네덜란드 최초 대학인 라이던 대학교에 한국어과가 있어서인지 왠지 모르게 친근한 도시이다. 더치인들이 살고 싶은 도시로 꼽을 만큼 쾌적하고 아름다운 주거 환경을 갖추고 있다. 그 명성에 걸맞게 별일 없이 산책하는 것만으로도 마음이 정화되는 기분이다. 특히 자연사박물관이 알차고 볼만한데 최근 리뉴얼했다고 하니 꼭 들러 보길 추천한다.

잔세스칸스 <Zaanse Schans>

대표적인 암스테르담 근교 여행지로 우리가 흔히 네덜란드 하면 떠올리는 풍차와 드넓은 푸른 들판을 원 없이 볼 수 있다. 관광객들의 필수 코스인 만큼 언제나 사람들로 붐빈다. 하지만 워낙 넓어, 여유롭게 산책하며 풍차를 배경으로 엽서 같은 사진을 남기기엔 무리가 없다. 풍차마을답게 바람이 무척 강하니 모자나 하늘거리는 옷은 가급적 피하는 것이 좋다.

알크마르 <Alkmaar>

4월에서 9월 중순까지 금요일 오전에 열리는 치즈 시장으로 유명한 곳이다. 전통적인 방식으로 기다란 들것에 치즈를 운반하는 상인들의 모습이 독특한 볼거리이다. 시장이 열리는 동안 치즈 세트를 할인 판매하기도 하는데, 이때 사면 다양한 종류의 치즈를 저렴하게 맛볼 수도 있고 포장이 잘 되어 있어 선물용으로도 좋다. 치즈 시장이 열리는 주변에 파머스 마켓이나 수공예, 빈티지 마켓이 함께 열리기도 한다.

로테르담 <Rotterdam>

　네덜란드 최대의 항구 도시로 우리나라로 치면 인천이나 부산쯤 되겠다. 세계 2차 대전 때 독일군의 폭격으로 도시가 파괴되었고, 잿더미가 된 도시를 재건하며 실험적인 건축물들이 세워졌다. 유럽 현대 건축물의 보고라 불릴 만큼 가치 있고 독특한 건축물이 도시 곳곳에 산재해 있어 건축에 관심이 있는 분들을 꼭 들러 봐야 할 장소이다.

하를럼 <Haarlem>

뉴욕 할렘가의 어원이라고 알려진 하를럼. 할렘이라는 이
미지와 다르게 언젠가 한번 살아 보고 싶을 만큼 여유롭고
단정한 도시이다. 암스테르담에서 기차로 20분이면 갈 수
있어 접근성으로 따지자면 최고의 근교 여행지. 탁 트인 운
하, 아담한 풍차, 세련된 쇼핑 거리, 알찬 박물관 등 네덜란
드를 대표하는 요소를 압축해 놓은 듯하다. 특히 네덜란드
에서 제일 오래된 박물관이라는 테일러스 박물관 〈Teylers
Museum〉이 인상 깊었는데, 세월의 결이 겹겹이 쌓여 압
도되는 기분이 들 정도로 매력적인 장소였다.

네버랜드가
아니어도
네덜란드

초판 1쇄 인쇄일 2019년 11월 1일
초판 1쇄 발행일 2019년 11월 12일

글	정미진
사진	정미진
펴낸곳	atnoonbooks
펴낸이	방준배
디자인	BBANG
교정	문정화
등록	2013년 8월 27일 제 2013-000257호
주소	서울시 마포구 연남로 30

홈페이지	www.atnoonbooks.net
페이스북	atnoonbooks
인스타그램	atnoonbooks
트위터	atnoonbooks
유튜브	yt.vu/+atnoonbooks
연락처	atnoonbooks@naver.com

ISBN 979-11-88594-08-5 03810

이 책의 글과 사진의 일부 또는 전부를 재사용하려면 반드시
저작권자의 동의를 얻어야 합니다.
© 2019 정미진

이 도서의 국립중앙도서관 출판예정도서목록(CIP)은
서지정보유통지원시스템 홈페이지(http://seoji.nl.go.kr)와
국가자료종합목록 구축시스템(http://kolis-net.nl.go.kr)에서
이용하실 수 있습니다. (CIP제어번호 : CIP2019039185)

폰트 제공 : 산돌구름
정가 15,000원

이 책을 엣눈북스의 영원한 동료, 권으뜸 디자이너님에게 바칩니다.